AF206842

Apfelträume

Für Christiane und Angelika.
Und für alle Frauen denen Gewalt von Männern
angetan wird.

Herstellung und Verlag:
BoD - Books on Demand, Norderstedt
ISBN 978-3-7448-2194-0

1.

*Also die Decke könnte auf jeden Fall einen neuen
Anstrich vertragen ... Eigentlich der ganze Raum. Und wenn
ich schon dabei bin dann könnte ich auch gleich diese
hässliche alte Couch rausschmeißen und eine neue kaufen.*

Ich musste innerlich lachen. Normalerweise waren das
doch angeblich die Gedanken die sich eine Frau machte,
wenn sie gerade Sex hatte und ihn nicht allzu gut fand. Bei
mir war es in dem Fall aber anders. Ich war gerade in meiner
Praxis in der ich schon seit fast zehn Jahren als Psychiaterin
arbeitete.

Auf der Couch lag ein Dauerpatient der eigentlich
immer das gleiche erzählte sodass ich schon wusste was ich
ihm am Ende der Sitzung raten würde. Zwar ließ ich auch
immer ein Diktiergerät mitlaufen aber da er wie immer mit
dem selben leidigen Thema angefangen hatte, war mir klar,
worauf es hinaus laufen würde. Zum Glück war er mein
letzter Patient für diesen Tag und bald war endlich das Ende
seiner Sitzung gekommen.

Ich verabschiedete mich schnell von ihm und nachdem
ich die Tür abgeschlossen hatte, konnte ich mich endlich in
den Sessel hinter meinem Schreibtisch fallen lassen.

Der Tag war schon viel zu lang und trotzdem musste
ich noch ein paar Akten durchgehen, weil ich sie morgen
mit in die Psychiatrie nehmen musste. Ich hatte mich dazu
entschlossen zwei Tage in der Woche dort zu arbeiten da sie
recht gut bezahlten. Besser als die Krankenkassen meiner
Patienten. Bevor ich mich aber daran machte, legte ich kurz
den Kopf auf die Tischplatte und atmete tief durch. Der Job
war viel stressiger geworden als ich am Anfang gedacht
hatte.

Meine Eltern waren damals nicht begeistert davon
gewesen, das ich unbedingt Psychiaterin werden wollte.

Weil mein Vater Vorstandsvorsitzender eines großen Krankenhauses war, erwarteten sie irgendwie, dass ich ebenfalls dieses Ziel anstreben würde. Während eines Abendessens teilte ich ihnen dann mit, dass ich einen anderen weg einschlagen wollte. Davon war mein Vater alles andere als begeistert. Das Gespräch ging so hin und her und irgendwann erwiderte ich dann, dass es mein eigenes Leben sei und ich gut selber entscheiden konnte. Seiner Meinung nach war es nicht zuviel von ihnen verlangt.

„Schließlich haben wir dich hier bei uns auch fünfundzwanzig Jahre durchgefüttert und sonst auch alles ermöglicht.

Vielleicht hatte er es nicht so gemeint doch in diesem Moment schmerzte es so das ich aufstand und meinte:

„Wenn ihr so darüber denkt dann wird es wohl das Beste sein, wenn wir uns nicht mehr sehen. Ich werde meine Praxis auch in einer anderen Stadt eröffnen dann falle ich euch auch nicht mehr zur Last!"

Nachdem ich ein paar Sachen zusammen gepackt hatte, fuhr ich zu meinem Freund und angehendem Lebenspartner Thomas. Er war entsetzt, als er die Neuigkeiten hörte. Für ihn war es selbstverständlich, dass ich erst einmal bei ihm unterkam, bis ich etwas Eigenes gefunden hatte. Thomas hatte damals gerade seine Ausbildung zum KFZ-Mechatroniker beendet und da er von seinem Chef übernommen worden war, konnte er uns mit seinem Festgehalt nun ohne Probleme über die Runden bringen.

Eine Zeit lang lebten wir so vor uns hin und ich nahm mir jetzt nach meinem Studium einfach mal die Zeit, um ein wenig zu entspannen, bevor ich wieder voll ins Berufsleben und vor allem in mein neues und völlig eigenständiges Berufsleben startete.

Nach etwa einem viertel Jahr hatte ich das Nichtstun aber ziemlich satt. Nun war es also an der Zeit sich zu entscheiden. Merkwürdigerweise merkte ich nach einer Weile das es nicht nur leeres Gerede gewesen war als ich meinem Vater sagte ich würde einfach in eine andere Stadt ziehen. Das verwirrte mich derart, dass ich noch am gleichen Abend mit Thomas darüber redete. Ein wenig tat er mir schon leid, wie er verschwitzt und völlig fertig von der Arbeit kam. Ich ließ ihm nicht einmal Zeit zu duschen, sondern fing ihn gleich an der Tür ab.

„Schatz kann ich mal mit dir reden?"

„Hm? Ja, also ich würde gerne erst einmal duschen, wenn es dir recht ist."

„Es ist aber wirklich dringend."

Mit einem Seufzen legte er eine Decke auf die Couch da er sich nicht direkt mit der ölverschmierten Hose darauf setzen wollte und schaute mich erwartungsvoll an.

Ohne ihn in irgendeiner Weise schonend darauf vorzubereiten, kam ich sofort zum Punkt.

„Ich werde mir eine Praxis in einer anderen Stadt einrichten."

Erst einmal schien Thomas nicht zu verstehen was ich damit sagen wollte, doch als er verstand oder wenigstens glaubte zu verstehen, fiel seine Kinnlade nach unten.

„Was soll das heißen? Du willst hier weg?"

„Ja."

„Oh."

Er schien tief betroffen zu sein.

„Aber es lief doch echt gut zwischen uns, oder?"

Nun wusste ich nicht so ganz wovon er redete.

„Ja. Natürlich. Ich liebe dich doch auch!"

„Aber warum machst du denn dann jetzt Schluss mit mir?"

Jetzt wusste ich was er meinte. Er dachte, dass ich nun ein neues Leben beginnen wollte und er keinen Platz mehr darin fand.

Ich werde wohl nie seine Miene vergessen, wie auch das, was danach passierte.

„Ach mein Schatz ich wollte damit doch nicht sagen das ich dich verlassen will. Damit wollte ich fragen, ob du mit mir kommst!"

Wahrscheinlich hatte ich ihn vorher und auch später nie wieder so erleichtert gesehen.

Anhand dessen wie er mich nun ansah und an seinem verlegenen Lächeln konnte ich sehen, dass es ihm auch ein wenig peinlich war, dass er so über mich gedacht hatte.

„Kommst du mit mir?" fragte ich.

„Oh mein Gott, ich habe schon gedacht das du… ich kann es nicht einmal aussprechen. Ja, natürlich komme ich mit." Er fiel mir um den Hals und drückte mich so fest das ich ihm auf den Rücken klopfen musste, weil er mir die Luft abschnürte. Thomas ließ auch gleich etwas locker und nachdem er mich ganz losgelassen hatte, schaute er mir tief in die Augen und küsste mich mehrmals. Erst auf die Stirn und dann auf beide Wangen und schließlich auf den Mund.

„Meine Liebe. Mein Leben." Dann wurde er ernst.

„Eine Bedingung habe ich allerdings!"

Mir war selber bis zu diesem Moment nicht klar, wie sehr ich ihn eigentlich liebte doch nun wusste ich, dass ich ihn immer an meiner Seite haben wollte und ihm keine Bitte abschlagen konnte.

„Heirate mich!"

Noch während ich sprachlos da saß, zauberte er ein kleines Kästchen aus seiner Tasche und hielt es mir direkt vor die Nase. Als Thomas es öffnete, befand sich der schönste Verlobungsring darin, den ich je gesehen hatte – auch wenn es der Erste war den ich sah.

Es hätte mich wohl von den Beinen gerissen, doch zum Glück saß ich ja bereits.

Wir beschlossen, uns mit der Hochzeit noch Zeit zu lassen. Erst einmal wollten wir entscheiden, in welche Stadt wir ziehen wollten und uns dort einrichten. Wir nutzten die Wochenenden, um uns einen Eindruck von verschiedenen Städten zu verschaffen.

Da ich eher ein Kleinstadtmädchen war, kamen für mich Städte wie Berlin, Bremen, Hamburg, München und so weiter nicht in Frage. Also besuchten wir unter anderem Göttingen, Marburg und Kassel.

Marburg ist eine schöne kleine Stadt mit vielen Studenten doch bei dem Gedanken daran, dass ich immer wieder diese Berge hinauf kraxeln und herunter laufen musste, verlor ich die Lust. Göttingen wäre meine erste Wahl gewesen denn hier konnte man alles bequem zu Fuß erreichen und auch die Menschen waren sehr freundlich.

Außerdem konnte man immer etwas unternehmen.

Obwohl es kleiner war als Kassel hatte man das Gefühl, das hier mehr Leben war. Meine Entscheidung war aber sowieso gefallen nachdem wir das erste Mal in Kassel waren.

Wir checkten in einem Hotel an der Stadthalle ein. Über das Internet hatte ich mich schon ein wenig über die Stadt und seine Geschichte informiert. Mit den vielen Parks und den Grünflächen reizte es mich von vornherein. Neben der Documenta, die hier alle paar Jahre stattfand, bot sie noch viele weitere Angebote was Kultur und Kunst anging. Am ersten Tag wollte ich mir auf jeden Fall den Bergpark und den Herkules anschauen und am nächsten dann das Shoppingangebot der Stadt testen. Am Sonntag wollten wir dann schließlich, wenn möglich den Rest besichtigen.

Die Sonne schien schon den ganzen Tag und es war wirklich heiß auf der Straße. Wir beschlossen, das Auto stehen zu lassen und die öffentlichen Verkehrsmittel zu benutzen. An diesem Tag fuhr ich zum ersten Mal Straßenbahn. Es war ein unvergessliches Erlebnis. Am Bahnhof im Stadtteil Wilhelmshöhe, der einer der beiden Bahnhöfe der Stadt war und an dem die Schnellzüge wie der ICE hielten, mussten wir umsteigen. Er war ein interessantes Gebäude. Der gesamte Vorplatz auf dem Bahnen und Busse hielten war überdacht und auf dem Dach eines Hotels gleich nebenan war ein Bett montiert. Auch den Herkules konnte man sehen und ich freute mich schon darauf wenn ich ihn mir aus der Nähe betrachten konnte. Bei meinen Recherchen hatte ich gelesen das irgendein reicher Chinese, ihn vor einiger Zeit hatte kaufen wollen, um ihn dann in mitten eines Freizeitparks in China als Touristenattraktion aufzustellen.

Mit der Straßenbahn konnten wir nur bis kurz vor das Schloss fahren und mussten den Rest zu Fuß gehen. Zwar fuhr wohl auch ein Bus in den Park, doch den hatten wir natürlich gerade verpasst. Scheinbar war die Anbindung des Nahverkehrs doch nicht so gut wie sie hätte sein Können.

Doch wir ließen uns die Laune nicht verderben und machten uns auf den Weg.

Es war sehr grün um das Schloss herum. Es lag auf einem kleinen Hügel und die Wege, die um es herum führten, sahen sehr ordentlich und gepflegt aus. Weil wir nicht ganz wussten wie herum wir nun am besten laufen sollten, folgten wir einfach ein paar anderen Leuten die sich hier sehr viel besser auszukennen schienen als wir. Hinter dem Schloss erstreckte sich eine große Wiese und dahinter begannen die Kaskaden. Jedenfalls hatte ich gelesen, dass sie so hießen. Die Kaskaden waren ein Gebilde aus Basaltgestein, das wie eine große Treppe hinauf zum Herkules führte. Auf ihnen laufen, durfte man allerdings nicht. An der Seite der gigantischen Treppe waren allerdings auch kleinere Stufen, sodass man als Zuschauer der Wasserspiele den hinabfließenden Wassermassen folgen, oder einfach nur vom Schloss zum Herkules hinaufsteigen konnte.

Nachdem wir ungefähr die Hälfte geschafft hatten, mussten wir eine Pause einlegen. Zwar hatten wir dies unterwegs auch immer wieder getan um uns die vielen Bauten anzuschauen die noch errichtet worden waren – unter anderem gab es dort sogar ein kleines Aquädukt – aber die Steigung war dann doch heftiger als wir dachten. Kurz vor dem letzten heftigen Anstieg befand sich ein kleines

Restaurant mit einer großen Terrasse in das wir einkehrten um etwas Kaltes zu trinken. Schon hier konnte ich mir ausmalen welch fantastische Aussicht man vom Herkules über ganz Kassel haben würde und ich freute mich richtig darauf.

„Schatz bitte versprich mir eins!" hatte Thomas gesagt.

„Bitte lass uns nie wieder vom Schloss hinauflaufen. Dieser Berg bringt mich um."

Mit einem Lächeln hatte ich zugestimmt und nachdem wir bezahlt hatten, gingen wir weiter.

Während des restlichen Weges drehte ich mich nicht um. Ich wollte mir die Vorfreude noch ein wenig erhalten.

Und es lohnte sich wirklich. Erst bestaunte ich zwar den Herkules der hoch oben auf seiner Pyramide stand und mit seiner Keule über die Stadt wachte und dann drehte ich mich um. *WOW!*

Vor mir erstreckten sich die Kaskaden in einer geraden Linie bis hinunter zum Schloss.

Doch dort endete diese gerade Linie nicht, sondern ging in die Wilhelmshöher Allee über die auch in einer völlig geraden Linie in die Stadt verlief. Ja und dann war da Kassel selber. Wenn man selbst durch die Straßen lief, sah es zwar nicht immer so aus doch Kassel war eine ziemlich grüne Stadt. Überall zwischen den Häusern waren grüne Flächen und Bäume.

Wir blieben damals noch eine ganze Weile, bis wir ein älteres Ehepaar hörten das sich über ein Restaurant unterhielt das ganz in der Nähe sein sollte. Wir sprachen sie an und erklärten ihnen das wir fremd hier wären und ob sie uns wohl zeigen könnten wo dieses Restaurant lag. Sie willigten ein und weil wir uns ja nicht auskannten, baten sie uns an das wir uns zu ihnen an den Tisch setzen sollten.

Dann erzählten sie uns allerhand interessante Sachen über die Stadt und ihre Bewohner. Die alte Dame schwärmte davon wie Kassel bei Nacht aussah und das sie selber es schon so lange nicht mehr habe sehen können, da sie zu alt war um zu fahren und so spät kein Bus mehr dorthin fuhr.

Da die Beiden so freundlich und hilfsbereit gewesen waren, boten wir ihnen an sie am Abend abzuholen und mit ihnen noch einmal hinauf zu fahren. Sie bedankten sich vielmals doch für mich war es eine Selbstverständlichkeit und ich selber wollte ja auch sehen, was an der Aussage der Dame dran war.

Wir vergaßen völlig die Zeit und unseren Plan, den Rest des Parks zu besichtigen. Das machte uns aber nichts aus.

Als wir schließlich wieder im Hotel ankamen, schafften wir es gerade noch beide zu duschen und uns umzuziehen, bevor wir zu unserer abendlichen Verabredung aufbrechen mussten.

Das alte Paar wartete auch bereits an der Straße darauf, dass wir sie abholten. Sie freuten sich beide sehr uns zu sehen, und versprachen uns fortlaufend, dass wir es nicht bereuen würden noch einmal an diesem Tag den Weg auf uns zu nehmen. Mit dem Auto fuhren wir einen anderen Weg als den, den wir von der Fahrt mit der Straßenbahn kannten. Schließlich kamen wir auf einen Parkplatz auf dem wir unser Fahrzeug abstellten und zu Fuß weiter gingen.

Obgleich ich auch schon am Nachmittag über die fantastische Aussicht gestaunt hatte, so war das nichts im Vergleich zu dem, was wir jetzt sahen.

„Na haben wir zuviel versprochen?"

Ich war nur im Stande gewesen den Kopf zu schütteln.

Die alte Dame hatte nicht zuviel versprochen. Es war wunderschön die ganzen Lichter zu sehen. Die ganze Stadt war in orange, weiße, blaue, rote und viele andere Lichter gehüllt. Ebenso wie die Autobahn, die am anderen Ende der Stadt verlief. Durch die Lichter der fahrenden Autos hatte es den Anschein, als ob sie sich wie eine Schlange in die angrenzenden Berge schlängelte. Ein wirklich phänomenaler Anblick.

Leider konnten wir nicht so lange bleiben wie ich gerne wollte, denn erstens wurde es langsam aber sicher recht frisch und zweitens war das alte Paar auch nicht mehr im Vollbesitz ihrer Kräfte und musste langsam wieder nach Hause. Als wir sie abgesetzt hatten bedankten wir uns für die Tipps und den schönen Abend und tauschten die Telefonnummern aus.

Wieder im Hotel angekommen, fielen wir völlig erschöpft in unser Bett. Dort unterhielten wir uns noch einen Moment über das erlebte. Auch wenn Thomas zu diesem Zeitpunkt noch nicht davon überzeugt war, dass es die richtige Stadt für uns war so stand es für mich schon fest.

Und nun wohne ich hier bereits so lange Zeit.

Mit Thomas bin ich ja nun nicht mehr zusammen.

Nachdem wir hierhergezogen waren, fand er nicht gleich einen neuen Job und während ich mit meiner eigenen Praxis ziemlich erfolgreich war, saß er die meiste Zeit zuhause und war deprimiert. Leider fing er dann auch noch irgendwann an zu trinken und ließ dies leider auch nicht sein, nachdem er wieder einen Job gefunden hatte.

Dass wirklich schlimme war aber das er sich nicht eingestand, dass er Probleme hatte und weil ich versuchte ihm dabei zu helfen, bekamen wir regelmäßig Streit miteinander. Irgendwann einmal war ich nach einem langen, anstrengenden Arbeitstag nach Hause gekommen und traf ihn wieder an seinem gewohnten Platz an.

Er lag ausgestreckt auf der Couch und aufgrund der leeren Flaschen, die auf dem Boden verstreut lagen, wusste ich, dass diese die er in der Hand hielt nicht seine erste war.

Weil er so fixiert auf das Fußballspiel im Fernseher war, nahm er mich erst gar nicht wahr. Als ich dann direkt durchs Bild lief, um ins Schlafzimmer zu kommen, schreckte er auf.

„Hey Süße. Was gibt's denn heute zu Essen?"

Mir waren augenblicklich die Tränen in die Augen.

Wahrscheinlich hatte ich bis zu diesem Moment nicht wahrhaben wollen, das er sich derart verändert hatte. Nun traf mich die Erkenntnis aber wie ein Blitz. Ich konnte nicht länger mit ihm zusammen leben.

Es war einfach nicht mehr mit ihm auszuhalten.

Während ich noch darüber nachdachte wohin ich jetzt am besten gehen sollte und vor allem wie ich es Thomas begreiflich machen konnte, hatte ich unbewusst schon meine Sachen gepackt. Noch konnte ich mich nicht ganz von meinem Leben lossagen. Das merkte ich daran, dass ich zwar wusste dass ich gehen musste aber meine Beine sich nicht einen Zentimeter bewegten.

„Was machst du hier?"

Der Schreck lief mir durch den ganzen Körper. Das war Thomas Stimme. Während ich mit mir selbst noch gerungen hatte, war er von mir unbemerkt ins Schlafzimmer getreten.

Da stand er vor mir, hatte leicht Schlagseite und als er jetzt die Koffer sah, wechselte sein Gesichtsausdruck von leicht verwirrt zu ernüchternder Erkenntnis. Dann lief er rot an.

Er nahm den Koffer und warf ihn quer durchs Zimmer.

Ich musste mich ducken, damit mich das schwere Stück nicht traf.

„Du willst mich verlassen?" er schrie nicht einmal, sondern zischte es mehr durch seine fast geschlossenen Zähne. So wütend hatte ich ihn bis dato nicht erlebt. „Du willst mich echt verlassen? Nach allem was ich für dich getan habe?"

Mir war völlig klar, dass man zu diesem Zeitpunkt kein vernünftiges Wort mit ihm reden konnte. Deshalb wollte ich so schnell wie nur möglich aus der Wohnung. Leider versperrte er mir den Weg und ich wusste nicht ob es klug war jetzt in seine Reichweite zu kommen.

„Ich habe alles zurückgelassen und bin mit dir hierher gezogen, wo ich nichts mehr hatte…"

Natürlich kamen jetzt die ganzen Vorwürfe, aber da hörte ich gar nicht erst zu. Es war mir gleich klar gewesen, dass es irgendwann soweit kommen würde. Man musste nicht einmal Psychologie studiert haben um soweit denken zu können. Also ließ ich alles über mich ergehen und als er sich dann irgendwann auf das Bett fallen ließ und nur noch böse vor sich hin starrte sagte ich kühler als es eigentlich gewollt war: „Bist du jetzt fertig? Dann kann ich ja jetzt gehen. Du kannst dich bei mir melden wenn du dich dazu entschlossen hast dein Leben zu ändern!"

Mit diesen Worten ging ich auf ihn zu und schaffte es sogar an ihm vorbei und in den Flur, doch kurz vor der Tür zum Hausflur holt er mich ein. Thomas war ein recht stämmiger Mann und seine Hände waren durch seinen Beruf recht groß. Zudem besaß er eine unheimliche Kraft in Armen und Fingern. Deshalb kostete es ihn nicht viel Mühe, mich festzuhalten. Ich wehrte mich nach Leibeskräften und schrie ihn an er solle mich loslassen, doch er hörte nicht auf mich und als es ihm zu bunt wurde, schüttelte er mich so kräftig durch, dass ich kurz die Besinnung verlor. Während ich mich zu sammeln versuchte, zog er mich heran und küsste mich einfach. Mir liefen vor Angst und Wut die Tränen über die Wangen.

„Du bist meine Frau und ich lasse dich nicht gehen!"

Seine Stimme flößte mir noch mehr angst ein. Zum Glück holte mich diese Angst aber vollständig in die Realität zurück denn er begann grob, mir mit einer Hand die Hose aufzuknöpfen. Es war eindeutig, das er mich vergewaltigen wollte. Das Gute war, nun konnte ich mich mit einer Hand zur Wehr setzen. Also schlug ich auf ihn ein und versuchte ihn gleichzeitig zu beißen. Es schien ihm nicht wirklich viel auszumachen und nachdem er meine Hose vollständig geöffnet und sie mir samt Slip nach unten gezogen hatte, schleppte er mich ins Wohnzimmer und wollte mich dort vornüber auf den Tisch legen. Jetzt schaffte ich es, ihm mit aller Kraft eine Ohrfeige zu geben. Auf seiner Wange erschienen dicke Striemen und, dort wo ich ihn mit den Fingernägeln getroffen hatte, fing sie sogar an zu bluten.

Einen kurzen Augenblick schauten wir uns direkt in die Augen und ich sah in seinen Tränen, dann warf er mich doch über den Tisch und ich hörte das sirrende Geräusch das die Hose machte, wenn man seinen Gürtel auszog.

Natürlich fesselte er mich jetzt, so war es viel einfacher für ihn freies Spiel zu haben. Mittlerweile war ich an einem Punkt angekommen, an dem es mir egal war, was jetzt genau mit mir passieren würde. Ich fühlte mich kraft- und hilflos. Es war als würde ich meinen Körper von oben betrachten und gar nicht mehr ich selbst sein. Als Thomas statt sich nun selber auszuziehen den Raum verließ war ich aber doch etwas verwirrt. Lange dauerte es nicht bis er wiederkam. Mit einem zweiten Gürtel.

Noch bevor ich eine Idee hatte was er nun mit mir vorhatte, trat er hinter mich und holte tief Luft.

Es knallte und ein stechender Schmerz durchfuhr meinen Körper. Mein Hintern brannte wie Feuer. Ich war so überrascht, dass ich sogar vergaß vor schmerz zu schreien.

Beim nächsten Mal vergaß ich es jedoch nicht. Und auch nicht beim übernächsten und überübernächsten Mal.

Wie lange er nun auf mein Gesäß und den Rest meines Körpers einschlug, wusste ich nicht doch es kam mir wie Stunden vor. Irgendwann ließ er dann von mir ab und beugte sich über mich.

Er hauchte mir ins Ohr und ich konnte deutlich hören, dass er weinte, während er sprach.

„Ich glaube jetzt weißt du, was passiert, wenn du mich noch mal verlassen willst, oder? Ich bin dein Mann und sage, wo es lang geht."

Ich hatte das tiefe Bedürfnis ihm direkt in die Augen zu sehen und ihn anzuspucken. Weswegen ich es im nächsten Augenblick auch tat. Warum ich, wo ich doch schon gefesselt auf dem Tisch lag und wusste, zu was er fähig war, so handelte, kann ich bis heute nicht sagen. Wahrscheinlich hatte ich zu diesem Zeitpunkt mit dem Leben bereits abgeschlossen und tat es nur aus trotz.

Reflexartig schloss er die Augen und während ich mit unglaublicher Genugtuung grinste, stellte er sich wieder hinter mich. Er riss mir nun auch den letzten Fetzen Kleidung vom Körper und begann wie wild mit dem Gürtel auf mich einzuschlagen. Nun trafen mich die Schläge mit voller Wucht und wurden nicht mehr durch meinen Pullover abgemildert. Es waren wirklich höllische Schmerzen. Immer wieder wünschte ich mir einfach das Bewusstsein zu verlieren und einfach zu sterben. Doch ich wurde nicht erhört. Währenddessen beschimpfte Thomas mich immer wieder und lautstark. Irgendwann ging sogar sein Gürtel kaputt und er lief schnell ins Schlafzimmer, um einen neuen zu holen. Dann setzte sich meine Folter fort. Irgendwann konnte ich vor Schmerz nur noch Stöhnen und als mir dann endlich langsam schwarz vor Augen wurde, erfüllte mich ein Gefühl von Glückseligkeit. Endlich war dieses Martyrium vorbei und ich würde nie wieder Schmerzen haben. Kurz bevor ich mein Bewusstsein verlor, hörte ich in meinen Ohren ein seltsam melodisches Klingeln. Das es die Türklingel war, kam mir in diesem Moment nicht in den Sinn.

Weiß. Um mich herum war alles Weiß. Nicht so wie man es sich vorstellt, wenn man gestorben ist, es war eher wie sehr dichter Nebel. Wo war ich denn hier gelandet. War dies der Himmel? Ein Blick nach unten verriet mir, dass ich nichts an mir trug als ein langes Sommerkleid. Weiter fiel mir auf das ich im Schnee saß und trotz dessen das ich Barfuß war und eben nur dieses Kleid anhatte, fror ich doch nicht im Geringsten.

Als ich versuchte aufzustehen, merkte ich wie sehr meine Gliedmaßen schmerzten.

Ich raffte mein Kleid und betrachtete meine Beine.

Überall wo mich Thomas Gürtel getroffen hatte, hatte ich rote Striemen zurückbehalten. Doch mittlerweile sahen sie so aus, als wäre es schon Wochen her das man mich misshandelt hatte. Wenn ich aber doch tot und im Himmel war dann wären sie doch bestimmt mittlerweile verschwunden. Was redete ich mir hier eigentlich für einen Schwachsinn ein? Ich selber hatte nie daran geglaubt, dass es so etwas wie den Himmel gab. Auch mit Gott hatte ich so meine Probleme. Zwar konnte ich mir gut vorstellen das es Übernatürliches gab und vielleicht auch so etwas wie einen Gott, ich weigerte mich aber strikt, an einen alten Mann zu glauben, der mit einem langen weißen Bart auf irgendeiner Wolke saß und den Menschen zusah. Mal ehrlich, bei dem Verhalten mancher Menschen, hätte selbst der geduldigste Vater die Nerven verloren und eine zweite Sinnflut oder Ähnliches geschickt.

Irgendwie war mir aber klar, dass wenn ich herausfinden wolle wo ich war, dann musste ich es wohl wagen und ein paar Schritte nach vorne machen.

Der Schnee fühlte sich wunderbar an zwischen meinen Zehen. Wenn er sonst nicht so kalt wäre dann würde ich wohl öfter barfuß auf ihm laufen.

Ein leichter Wind wehte mir in den Rücken, so als wollte er mich sanft vorantreiben. „Geh nur, geh!" wollte er mir scheinbar sagen. Ich beschloss zu gehorchen. Zu meiner rechten Seite tauchte ein Baum auf. Es hingen wunderbar rote Äpfel an ihm. War dies vielleicht der Baum von dem Eva angeblich gegessen hatte? Dann war ich vielleicht doch im Paradies und stand gleich vor meinem Schöpfer. Ich überlegte mir schon einmal eine gute Entschuldigung warum ich nicht zu ihm gebetet hatte und auch kaum in der Kirche gewesen war.

Plötzlich stieß ich mit meinem Fuß gegen etwas Hartes.

Es war ein Stein und während ich weiter lief, wurde das Gelände zunehmend felsiger und rauer. Ich musste nun besser aufpassen wohin ich trat um nicht zu stolpern oder mir meine Haut an einer scharfen Kante aufzureißen. Zum Glück lichtete sich der Nebel aber langsam und bald konnte ich schon über zweihundert Meter geradeaus sehen. Genau in dem Moment als ich einen weiteren Apfelbaum erreichte, klärte das Wetter völlig auch und der Nebel verschwand.

Der Anblick, der sich mir bot, war noch atemberaubender als der Anblick über Kassel. Statt im Himmel befand ich mich auf einem Berg. Unter mir konnte ich weite Wiesen und große Wälder erkennen. Da ich ja nicht unter Zeitdruck stand, stibitzte ich mir einen Apfel vom Baum und setzte ich mich einfach an seine Wurzeln.

Während ich den Apfel verspeiste, beobachtete ich die Tiere, die friedlich dort unten lebten. Was es für Tiere waren, konnte ich nicht erkennen denn sie waren einfach zu weit weg. Ich tippte auf Schafe. Es war alles so wunderschön, dass ich nie mehr von hier weg wollte.

Solange mir die Äpfel nicht ausgehen würden, musste ich das ja auch eigentlich nicht. Diese Äpfel waren das Beste, dass ich je gegessen hatte. Sie schmeckten wunderbar süß und doch etwas Sauer zugleich. Sie waren saftig und doch lief einem der Saft nicht aus dem Mundwinkel und über das Kinn, wenn man in sie hinein biss. Zudem war jeder Apfel gleich lecker und das war schon etwas seltsam.

Ich wollte gerade aufstehen, um den anderen Baum zu suchen den ich gesehen hatte, um dort zu probieren, ob die Früchte dort genauso schmeckten, da bemerkte ich eine Gruppe Menschen, die ein gutes Stück von mir entfernt den Berg hinab liefen. Erst sah es so aus als würden sie schweben, weil sie völlig aufrecht und ohne die Hände zu benutzen hinab stiegen aber dann wurde mir bewusst, dass dort wohl ein Pfad oder Treppenstufen existieren mussten.

Sie waren leider zu weit weg als das ich ihnen hätte zurufen können und vielleicht hätte mein Geschrei eine Lawine ausgelöst. Also zog ich es vor zu klettern. Weil der Baum so nah am Hang wuchs, konnte ich seine Wurzeln, eine gute Strecke lang als Kletterhilfe benutzen.

Danach wurde es schwerer. Ich musste verdammt gut darauf aufpassen wohin ich trat. Oft rollten lose Steine einfach unter mir weg und fielen ins Tal. Einmal schaffte ich es gerade noch, mich festzuhalten als wieder einmal ein Stein auf den ich mich stellen wollte, wegbrach.

Mein Herz pochte heftig, während ich ihm einen Augenblick hinterher sah. Als er am Boden aufschlug zerbrach er in tausend Stücke. So hätte es mir auch ergehen können.

Endlich erreichte ich die Stelle an der ich die Menschen gesehen hatte.

Hier waren wirklich fein säuberlich Treppenstufen in den Fels eingelassen. Während ich entschied, ob ich den Stufen nach oben oder nach unten folgen wollte, rieb ich mir die Hände die wegen des Steins ganz Rau waren und eine leicht gräuliche Farbe angenommen hatten.

Schließlich entschied ich mich, nach unten zu gehen.

Erstens wusste ich ja, dass dort unten auf jeden Fall irgendwo Leute waren und zweitens hatte ich von den Bergen erst einmal die Nase voll. Vielleicht holte ich sie ja sogar noch ein, wenn ich mich ein wenig beeilte.

Auch hier stellte ich etwas seltsames Fest. Die Treppenstufen schienen beheizt zu sein.

Jedenfalls waren sie nicht so kalt wie die Felswand um sie herum. Das stellte ich fest als ich mich kurz einmal abstützte, weil ich auf einen Stein getreten war und kontrollieren wollte, ob er nicht noch in meinem Fuß steckte.

Als ich mir meinen schmerzenden Fuß rieb fiel mein Blick auch auf meine Beine, da erschrak ich sehr. Die Striemen die der Gürtel hinterlassen hatte waren verschwunden. Auch mein Rücken tat nicht mehr weh und während ich meinen Weg fortsetzte, kam ich doch ins Grübeln. Wie konnte es sein das sichtbare Schäden so einfach verschwanden. Und vor allem so schnell.

Nach einer gefühlten Ewigkeit kam ich endlich am Fuß der Treppe an. Vor mir lag eine große Wiese die von einem Wald begrenzt war. Als ich auf das Gras trat durchströmte mich ein Gefühl der Zufriedenheit. Ich fühlte mich hier so zu Hause wie es zuvor noch nirgendwo verspürte. Die Wiese war übersäht mit den verschiedensten Blumen und in den verschiedensten Farben. Sie alle zusammen verströmten einen wirklich wundervollen Duft. Nicht weit von mir graste eine Schafherde.

Während die großen Tiere entweder grasten oder einfach nur dalagen, sprangen die kleinen Lämmer aufgeregt zwischen ihnen hin und her und freuten sich an ihrem Leben.

Es war ein rührender Anblick. Ich lief auf sie zu, denn irgendwie wollte ich an ihrem Spaß teilhaben und zu meiner Verwunderung liefen sie nicht weg, sondern kamen sogar auf mich zu. Als ich ihnen die Hände hinstreckte, schnupperten sie daran und zwei von ihnen leckten sie sogar ab.

Ich setzte mich einfach neben die Herde ins Gras und ließ meine Hände durch die Halme gleiten. Es war so wunderbar weich und ich hätte gerne noch stunden hier gesessen. Nun kam auch noch die Sonne hinter einer kleinen Wolke hervor und legte sich wie eine zweite Haut wärmend um mich. Sie prickelte angenehm auf meinem Körper, sodass ich mich einfach nach hinten lehnte und dies alles genoss. Eines der Lämmer kam zu mir und schmiegte sich an meine Seite. Es war wunderbar weich und flauschig.

Während ich die Augen schloss, hörte ich eine Stimme, die von weit her zu kommen schien. Es war die Stimme einer Frau und sie klang so weich und Vertrauenserweckend das ich das Gefühl hatte ich könne ich ewig zuhören.

„Willkommen mein Kind. Ich freue mich, dass du endlich hier bist. Nun dauert es nicht mehr lang!"

„Hören Sie mich?"

Jemand hielt mein Auge auf und leuchtete mir mit einer Taschenlampe hinein.

„Können sie mich hören, Frau Doktor?"

Ein Mann in weißem Kittel starrte mich an.

„Wo bin ich?" fragte ich ihn und nun war er sichtbar erleichtert.

„Sie befinden sich im Krankenhaus. Ihr Mann…"

Neben einem gehörigen Schreck durchfuhr mich auch ein stechender Schmerz, als ich versuchte, aufzuspringen.

Stöhnend ließ ich mich wieder in die Laken sinken.

„Wo ist er?" angsterfüllt sah ich mich um, doch der Arzt legte mir beruhigend eine Hand auf den Arm.

„Sie müssen keine Angst mehr haben. Ihr Mann wurde verhaftet und befindet sich in Untersuchungshaft!"

Ein paar Stunden später war ein Polizist zu mir gekommen und hatte mir alles erzählt.

Thomas hatte alles gestanden. Das Klingeln, das ich kurz vor meiner Bewusstlosigkeit gehört hatte, war wirklich die Türklingel gewesen. Nachdem ich so geschrien und gestöhnt hatte, hatten die Nachbarn die Polizei gerufen. Als Thomas merkte, dass keine Chance bestand, wollte er mich im Bad ertränken und sich anschließend selber mit Schlaftabletten das Leben nehmen. Zum Glück war die Polizei schneller gewesen und konnte dies verhindern. Man hatte mich hierher ins Krankenhaus gebracht und ich war wohl fast fünf Tage bewusstlos gewesen.

Ich schreckte hoch als eine Akte mit einem lauten Knall auf den Boden fiel. In meinem Büro war es still und auch draußen auf der Straße war mittlerweile nicht mehr viel los.

Ich packte meine Sachen zusammen und machte mich auf den Heimweg. Die Akten die ich für morgen noch durchgehen wollte, hatte ich jetzt zwar nicht mehr angesehen. Doch dieses eine Mal war es mir egal. Um schneller an mein Auto zu kommen nahm ich die Abkürzung über den Hinterhof. Manche Frau hätte sich dies wahrscheinlich nicht getraut denn dort gab es kein Licht. Ich gehörte jedoch nicht zu der Sorte die sich fürchtete nur, weil keine Laterne schien.

Mir war auch noch nie etwas passiert und nach dem Vorfall mit Thomas war ich in eine Kampfsportschule gegangen und hatte Karate gelernt.

Meine Freundinnen belächelten mich zwar denn sie meinten, dass ich es übertreiben würde doch ich wollte nicht wie sie einfach nur etwas zur Selbstverteidigung erlernen.

Das Training war am Anfang aufgrund meines Alters zwar Hart doch dann wurde es interessant. Denn dieser Sport stärkte nicht nur mein Selbstvertrauen, sondern veränderte meine Lebenseinstellung ins Positive. Während meine Freundinnen nun immer noch Angst im Dunkeln hatten, fühlte ich mich nun irgendwie sicher. Diebe und andere Verbrecher waren schließlich auch nur Menschen und sahen nicht besser als ich.

„Nun dauert es nicht mehr lang!"

Ich zuckte zusammen. Was war das? Es war doch definitiv eine Stimme gewesen.

Instinktiv duckte ich mich und sah mich um. Wenn jetzt jemand in meiner Nähe war, der mir etwas tun wollte dann war es ein Fehler loszurennen. Bewegung nahm man trotz Dunkelheit wahr. Meine Muskeln spannten sich an und ich legte meinen Schlüssel so in meine Faust, dass die Spitze zwischen Zeige- und Mittelfinger hinaus schaute. Wenn ich jetzt damit zuschlug, würde ich meinem Gegner eine tiefe Wunde verpassen. Es würde ihn vielleicht nicht töten aber sehr wahrscheinlich fürs Leben zeichnen.

Als nach einer Weile immer noch nichts passierte und sich auch nichts und niemand in meiner Umgebung bewegte, stand ich langsam auf und schlich auf Zehenspitzen zu meinem Auto. Nachdem ich in ihm saß schloss ich sofort die Türen von innen ließ den Motor an und machte das ich nach Hause kam. Wahrscheinlich hatten mir meine Sinne vor lauter Müdigkeit einen Streich gespielt und deshalb war ich auch heilfroh als ich die Wohnungstür hinter mir abschloss und die Aktentasche auf den kleinen Tisch warf. Nun konnte ich aufatmen. Mein nächster Weg führte mich direkt ins Bad wo ich mir nur noch die Zähne putzte und dann fiel ich wie erschlagen in mein Bett. Was für ein Tag. Es war das Letzte woran ich dachte, bevor ich einschlief.

2.

In dieser Nacht bekam ich nicht wirklich viel Schlaf.

Ich träumte, dass ich über die weiten Wiesen der Insel lief, auf der wieder die Schafe grasten. Die Blumen dufteten herrlich und während ich häufig meinen Gang unterbrach, atmete ich einfach tief ein. Es war ein wunderbares Gefühl wieder hier zu sein und dies alles genießen zu können. Diesmal wollte ich aber auch sehen, was im Wald hinter der Wiese lag, also lenkte ich meine Schritte dorthin.

Während ich dem Wald immer näher kam, veränderte sich das Wetter. Dunkle Wolken zogen auf und ein kühler Wind blies mir vertrocknete Blätter ins Gesicht. Auch der Geruch war anders. Nun war es kein Blumenduft mehr, sondern ein Etwas, das wie verfault roch. Mir wurde schlecht und ich wollte umdrehen, doch irgendwie gehorchten mir meine Beine nicht mehr.

Eine unsichtbare Macht zog mich immer weiter auf den Wald zu. Mit einem mal war alles vorbei. Der Wind hörte auf zu wehen und die Blätter fielen zu Boden. Ich stand einfach nur da und wartete. Über mir begannen die Wolken zu rotieren, was sie noch bedrohlicher aussehen ließ.

„Schatz…"

Am liebsten hätte ich geschrien doch mir blieb einfach die Luft weg. Aus dem Schatten eines Baumes trat jemand, den ich nur all zu gut kannte. Es war Thomas oder zumindest etwas, das nach Thomas aussah. Zwar hatte es seinen Körper, doch die Haut an seinen Armen und die eine Hälfte seines Gesichts waren fast bis zur Unkenntlichkeit verbrannt. Seine Kleidung hing völlig verschmutzt und in Fetzen an ihm herunter. In der einen Hand hielt er einen dicken Gürtel mit einer riesigen Schnalle. Die andere Hand hatte er gehoben und streckte sie in meine Richtung, so als wollte er mich packen. „Sieh nur, Schatz, was aus mir geworden ist!"

Mit schlurfenden Schritten näherte er sich mir. „Ich liebe dich doch so und du hast mich einfach verlassen."

Ich wollte die Flucht ergreifen und er bemerkte es, denn nun hob er den Gürtel bedrohlich in die Luft. Sein Gesicht jedoch zeigte weiterhin eine gewisse Güte. „Aber, wo willst du denn hin, mein Schatz? Jetzt können wir doch endlich den Rest unseres Lebens zusammen verbringen."

Er humpelte um mich herum und hauchte mir mit seinem stinkenden Atem ins Ohr. Es roch ein wenig so als hätte er verfaultes Fleisch im Mund. Seine Hand fasste um meine Hüfte und dann küsste er mich. Mir wurde so schlecht, dass ich mich übergeben musste.

Ich rollte mich nach rechts und übergab mich über den Rand meines Bettes. Es war absolut kein schönes Gefühl, aber wenigstens war ich jetzt wach und diesem Albtraum entkommen.

Nachdem es mir ein wenig besser ging, lief ich ins Bad, um mir ein wenig kaltes Wasser ins Gesicht und auf den Nacken laufen zu lassen. Mein Gesicht war kreideweiß und der Schweiß lief mir über den ganzen Körper. Statt zum Waschbecken zu gehen, entschied ich mich für die Dusche.

Nach der ging es mir auch wirklich besser und nachdem ich auch noch das Erbrochene vom Boden gewischt hatte, fiel ich wieder ins Bett. Natürlich konnte ich nicht einschlafen und so nahm ich mir meinen Discman (ja so ein Ding besaß ich noch) und steckte mir die Stöpsel in die Ohren.

Wenn ich zur Ruhe kommen wollte, hörte ich immer gerne Musik, die von keltischen Instrumenten gemacht wurde. Dudelsack, Flöte, Trommeln und Co. schafften es eigentlich immer, mich zu beruhigen. Auch diesmal war ich innerhalb weniger Minuten wieder eingeschlafen.

Zum Glück waren mir die Stöpsel aus den Ohren gefallen während ich schlief, sonst hätte ich den Wecker wahrscheinlich nicht gehört. Wenn man mich auf eine Streckbank gespannt und die ganze Nacht gefoltert hätte, ich hätte mich vermutlich nicht besser gefühlt als jetzt, während ich mich mühsam ins Bad schleppte. Mit einem ganz fürchterlichen Geschmack im Mund griff ich als erstes zur Zahnbürste. Wegen meiner tiefen Augenringe brauchte ich fast doppelt so lang um mich zu schminken und als ich damit fertig war, betrachtete ich das Ergebnis mit gemischten Gefühlen. „Du musst dringend was gegen diese Schlaflosigkeit machen!" sagte ich zu mir selbst.

Hunger hatte ich keinen - was sehr gelegen kam, denn mittlerweile war ich viel zu spät dran -und so beließ ich es bei einem Kaffee. Mein Auto stand zwar noch am gleichen Ort wie gestern Abend, doch mit Schrecken stellte ich fest, dass ich wohl vergessen hatte abzuschließen. Es war noch alles an seinem Platz – irgendwo im Auto verteilt. Wieder einmal Glück im Unglück gehabt.

Die Psychiatrie lag etwas außerhalb von Kassel und weil der Verkehr heute mörderisch war, verlor ich noch einmal gut zwanzig Minuten.

„Guten Morgen, die Dame!" meinte der Pförtner freundlich grinsend als ich eintrat.

Er war ein etwas gesetzter Mann, der kurz vor seiner Pensionierung stand. Das konnte man sehr gut an seiner Halbglatze sehen.

„Guten Morgen, Maik." grüßte ich zurück.

Normalerweise hielt ich immer kurz an und unterhielt mich eine Zeit mit ihm. Heute tippte ich allerdings auf meine Armbanduhr und schaute ihn entschuldigend an. „Tut mir leid, ich komme zu spät. Wir müssen unser Schwätzchen leider verschieben!"

Mit gespielt beleidigtem Blick sah er mich an. „Aber, dass das jetzt nicht zur Gewohnheit wird!"

„Keine Angst, so weit lassen wir es nicht kommen."

Ein Lächeln konnte ich mir nicht verkneifen. Doch als ich sah wie einer der fest angestellten Ärzte mir aus einiger

Entfernung schon heftig zuwinkte, verging es mir wieder. Es war der Arzt, mit dem ich häufig aneinander geriet. Ich war nicht damit einverstanden, wie er die Patienten behandelte.

Für ihn waren es keine Menschen, weil sie so ganz anders waren als diejenigen, die auf der Straße herum liefen, während ich der Meinung war, dass viele, die noch in Freiheit waren, hier besser aufgehoben wären ...

Dementsprechend behandelte er sie auch sehr kühl und versuchte nicht ein bisschen, ihnen zu helfen. Nachdem ich ihn einmal auf unsere Verpflichtung hingewiesen hatte, war es zu einem heftigen Streit gekommen, seitdem herrschte Funkstille.

Dass er nun auf mich wartete, musste also einen sehr wichtigen Grund haben. Ich legte meine ausdruckslose Miene auf, während ich auf ihn zuging. Was für ein Idiot! Er blieb einfach stehen und wartete, dass ich zu ihm kam. Irgendwie sagte das allein schon viel über sein Benehmen aus.

„Der Chef wollte, dass sie ihren ersten Termin verschieben und sich um diesen Fall hier kümmern."

Nicht einmal zu einem »Guten Morgen« reichte es bei ihm. Bei ihm hatte die Erziehung vollständig versagt. Ich beschloss, mich genauso zu verhalten und nahm ihm wortlos die Akte aus der Hand, woraufhin er in der nächsten Tür verschwand. Natürlich bezweifelte ich, dass er wirklich dorthin wollte, doch er hielt es wohl einfach nicht mit mir aus. Ha, irgendwie beschlich mich das Gefühl bereits meinen ersten Sieg an diesem Tag errungen zu haben.

Auf dem Flur standen keine Stühle oder hingen Bilder an den Wänden denn man hatte Angst, dass ein Patient sich oder andere vielleicht damit verletzen könnte. So konnte ich mich dort nicht niederlassen um die Akte für einen Moment in Ruhe zu studieren. Also lief ich in Richtung des Aufenthaltsraumes, in dem sich diejenigen versammelten und austauschten oder zusammen etwas spielten, die eigentlich unbedenklich waren. Hinter mir hörte ich eine Tür ins Schloss fallen. Als ich mich daraufhin umdrehte, konnte ich gerade noch den Zipfel eines Arztkittels um die Ecke verschwinden sehen. Nicht, dass es mir nicht schon klar gewesen wäre, aber das kindische Verhalten dieses Idioten versetzte mich doch ein wenig in Erstaunen.

Im Aufenthaltsraum war es noch sehr leer. Nur eine Handvoll Patienten war damit beschäftigt, sich über irgendein Fußballspiel zu unterhalten. Es war wohl die Sorte, die man versuchte, wieder in die Gesellschaft zu integrieren. Zu meinem Glück war die alte Couch noch frei.

So hielt ich schnurstracks darauf zu. Während ich die Akte studierte, bemerkte ich schnell, dass dies ein durchaus interessanter Fall werden könnte.

Es handelte sich um eine fünfunddreißigjährige Frau, die man gestern Abend nahe dem Schloss im Bergpark Wilhelmshöhe gefunden hatte. Sie war wohl so verwirrt, dass sie nicht einmal genau wusste, wer sie war. Zwar hatte sie angegeben, dass ihr Name Eva Liebermann sei, doch bei einer Überprüfung des Namens war herausgekommen, dass Eva Liebermann bereits vor knapp siebzehn Jahren gestorben war. Zudem besaß sie keinerlei Ausweispapiere und war nur mit Unterwäsche bekleidet gewesen. In der Akte stand, dass sie irgendetwas von einer Insel gefaselt hätte, von der sie kam und auf die sie zurückwollte.

Natürlich hatten ihr die Polizisten nicht geglaubt und der verständigte Arzt hatte sie für vorübergehend unzurechnungsfähig erklärt und einliefern lassen. Sie musste sich wohl gewehrt haben und deshalb war ihr ein Beruhigungsmittel verabreicht worden. Es hatte noch niemand vor mir mit ihr geredet und ich brannte mittlerweile darauf, sie endlich kennenzulernen. Weil man sie für unberechenbar hielt, musste ein Pfleger an der Tür Wache stehen, während ich bei ihr im Raum war. Natürlich war gerade keiner in greifbarer Nähe. Es war wie in einem großen Einkaufszentrum, wenn man dort einen Verkäufer brauchte, fand man auch keinen einzigen.

Nach einer Weile wurde mir die Warterei dann doch zu bunt und ich lief nach vorn zur Rezeption und ließ Maik über die Lautsprecheranlage nach einem rufen. Ich bedankte mich bei Maik und lief zum Zimmer meiner neuen Patientin.

Vor der Tür wartete nun bereits einer der Angestellten auf mich. Er war recht breit gebaut und man konnte leicht erahnen, dass unter seinem weißen Oberteil nichts als Muskeln waren. Ich fühlte mich gleich viel sicherer. Er nickte und lächelte mir freundlich zu, während er mir die Tür aufhielt: „Wenn Sie meine Hilfe brauchen, dann rufen Sie einfach. Ich warte hier draußen."

Ich würde ihn bestimmt rufen müssen, auch wenn ich nicht in Gefahr war.

Nun nickte ich ihm meinerseits dankend zu und trat ein.

Die Kammer war mit dicken Gummi- und Schaumstoffpolstern ausgekleidet. Das war dazu gedacht, dass sich die Patienten nicht selber verletzen konnten wenn sie – aus welchem Grund auch immer – die Beherrschung verloren und mit irgendwelchen ihrer Gliedmaßen gegen die Wand schlugen.

Scheinbar hielt man sie doch für nicht ganz so gefährlich wie die Polizisten oder der Arzt es taten, denn sie war nicht gefesselt. Ihre Haare hingen strähnig an ihrem Kopf herunter und verdeckten den Großteil ihres Gesichts.

Man konnte nur ihr schmales Kinn sehen. Auf mich machte sie den Eindruck, als wäre sie einmal eine stolze Frau gewesen. Allerdings waren diese Zeiten wohl länger vorbei. Wie ein Häufchen Elend saß sie, die Arme um die angewinkelten Beine geschlungen, dort an der Wand und wippte vor und zurück. Sie sah nicht einmal auf, als ich eintrat.

„Hallo Frau…" ich warf noch einmal einen schnellen Blick in die Akte. „…Liebermann."

Keine Reaktion.

„Wissen Sie, wo Sie hier sind?"

Ich hatte schon oft Patienten gehabt, die nichts sagen wollten und wusste daher wie ich mich am besten verhielt.

Man musste ihnen meist nur etwas Zeit lassen. Also setzte ich mich ebenfalls auf den Boden und lehnte mich mit dem Rücken an die Wand. Ruhig las ich in der Akte und begann wieder mit ihr zu reden.

„Man hat Sie fast nackt im Park gefunden, wo Sie ziemlich orientierungslos Hin und Her gerannt sind. Die Polizisten, die Sie gefunden haben meinten Sie behaupten, eine Eva Liebermann zu sein." Manchmal half es schon, die Leute mit der Wahrheit zu konfrontieren, damit sie sich wieder erinnerten. „Diese Frau ist aber schon seit siebzehn Jahren tot. Wissen Sie nicht, wer Sie sind oder wollen Sie es nur nicht sagen?"

Wieder machte ich eine kurze Pause, um der Frau Gelegenheit zum Antworten zu geben.

Die einzige Reaktion bestand aber darin, dass sie den Kopf schüttelte.

„Also wollen Sie es wirklich nicht sagen." stellte ich fest.

Der Pfleger warf einen Blick durch das Fenster in der Tür um nachzusehen ob noch alles in Ordnung war. Ein kurzes Nicken von mir reichte, damit er sich wieder auf seinen Posten zurückzog.

„Ich habe nicht gelogen!" Ich erschrak ein bisschen, denn die Frau sprach in einem sehr scharfen Ton mit mir.

Ein Paar himmelblauer Augen fixierte mich durch den dichten Vorhang aus Haaren. Mir war ein bisschen unheimlich zumute, denn irgendwie hatte ich das Gefühl, als würde sie durch meinen Schädelknochen hindurchschauen und meine Gedanken lesen.

„Ich bin Eva Liebermann und als mich, die Polizisten aufgelesen haben habe ich ihnen gesagt, dass ich gerade auf dem Weg nach Hause bin. Sie wollten mich aber nicht gehen lassen und nun befürchte ich, dass ich nie wieder nach

Hause zurückkommen werde!" Betrübt ließ sie wieder den Kopf hängen. Ihr Bedauern darüber war nicht zu überhören.

Es war gar nicht so leicht, mit der Befragung fortzufahren.

„Wie ist es denn möglich, dass Sie Eva Liebermann sind? Hier in meinen Akten steht, sie ist vor siebzehn Jahren bei einem Badeunfall an der Englischen Küste ums Leben gekommen?"

Die Frau holte tief Luft und strich sich ihre Haare aus dem Gesicht. Sie war verdammt hübsch. Sie seufzte und holte noch einmal tief Luft, bevor sie wieder zu sprechen begann.

„Vor siebzehn Jahren machte ich mit meinem Mann Urlaub in England. Es war ein sehr heißer Sommer, also waren wir viel an Seen und in Schwimmbädern. Bald hatten wir es aber satt und deshalb kamen wir auf die Idee, uns ein Boot zu mieten und ein Stück aufs Meer hinaus zu fahren.

Wir besorgten uns Taucherausrüstungen und erforschten die Riffe an der Küste. Wir waren fast einen halben Tag dort draußen als plötzlich Nebel aufkam. Es war wie verhext. So schnell und so dicht hatte ich Nebel noch nie vorher aufziehen sehen. Ich habe einfach die Orientierung verloren und während ich dachte, dass ich auf das Boot zu schwamm, trieb ich doch wahrscheinlich immer weiter auf das Meer hinaus. Zu meinem Glück stießen meine Füße nach einer guten Stunde auf Grund. Lange hätte wohl auch nicht mehr durchgehalten und so schaffte ich es gerade noch, mich mit dem Rest meiner Kräfte an Land zu schleppen.

Kurz danach lichtete sich der Nebel endlich, aber von meinem Mann oder dem Boot fehlte jede Spur. Nachdem ich mich ein wenig umgesehen hatte, traf ich auf eine Gruppe von Frauen, die mich aufgenommen haben. Ich habe ein paar Wochen bei ihnen gelebt und hatte mich auch schon damit abgefunden, dass ich wahrscheinlich nie mehr nach Hause zurückkommen würde. Also habe ich mich mit der

Situation arrangiert. Eines Tages, als ich gerade Äpfel pflücken war, habe ich ein komisches Licht gesehen. Ich bin ihm gefolgt und auf einmal war ich im Wald und es kamen Menschen mit Taschenlampen auf mich zu. Ich habe ein bisschen Angst gehabt, weil es eben noch Tag gewesen war und plötzlich war es Nacht und um einiges kälter. Auch die Luft war ganz anders. Viel süßer und schwerer als vorher.

Ich wollte weglaufen und bin dabei mit meinem Kleid an einem Ast hängen geblieben. Deshalb habe ich es verloren. Ich bin – wie schon gesagt – allerdings nur ein paar Wochen weg gewesen und weiß darum beim besten Willen nicht, wie Sie darauf kommen, dass ich siebzehn Jahre weg war!?"

Während ich der Frau zuhörte, kam ich mehr und mehr ins Staunen. Normalerweise dachten sich die verwirrten Leute keine so fantastischen Geschichten aus. Sie wussten schlicht und einfach nichts mehr. Nun stand ich vor einem Rätsel. War sie wirklich verrückt oder verwirrt oder wollte sie uns alle nur an der Nase herum führen? Aber für einen kleinen Spaß riskierte man es auf keinen Fall, in der geschlossenen Psychiatrie zu landen.

Scheinbar merkte die Frau, dass ich ihrer Geschichte noch immer recht skeptisch gegenüber stand. „Ich kann Ihnen leider nicht beweisen, dass es so war. Mein Wort muss Ihnen reichen."

„Sie müssen zugeben, dass dies nur schwer möglich ist."

„Weil ich hier drin sitze?"

„Auch. Ihre Geschichte ist im Allgemeinen sehr… ungewöhnlich."

Wieder ließ sie den Kopf hängen. „Ich würde Ihnen ja beweisen, dass ich weder lüge noch verrückt bin, nur müsste man mich dazu schon hier heraus lassen."

Wir wussten beide, dass man das nicht tun würde und deshalb musste ich auch nichts weiter darauf erwidern. Da die Frau aber so verzweifelt auf mich wirkte, wollte ich ihr irgendwie etwas Zuversicht geben. Also beugte ich mich vor und legte ihr vorsichtig eine Hand auf die Schulter.

Augenblicklich schaute sie zu mir hoch und während sie mir direkt in die Augen sah, veränderte sich ihr Blick.

„Sie sehen jemandem ähnlich, den ich kenne." meinte sie und betrachtete mein Gesicht von allen Seiten. So als würde sie mich nun zum ersten Mal richtig sehen. Als sie dann aber auch noch anfing, mir ins Gesicht zu fassen, wurde mir die Sache zu bunt. Ich stand auf und schickte mich an, den Raum zu verlassen. Bevor ich die Tür hinter mir schloss, drehte ich mich entgegen meiner inneren Vernunft noch einmal um: „Ich werde versuchen, Ihnen zu helfen."

Das hoffnungsvolle Lächeln, das sie mir nun zuwarf, war zwar dankbar, doch es sagte noch irgendetwas anderes aus. Ich konnte es nicht ganz einordnen. Im Moment wollte ich sowieso nur noch raus an die frische Luft. Da ich nach dieser Patientin keinen weiteren Termin hatte, wollte ich die Zeit nutzen und an meinen Lieblingsplatz gehen – eine Bank im Bergpark. Für manche scheint das zwar merkwürdig zu klingen, aber für mich hatte der Park immer etwas Anziehendes. Das war an meinem ersten Tag so gewesen und hatte sich seitdem auch nicht geändert.

Die Akte der Patientin nahm ich mit. Auch um sie bei mir zu Hause noch etwas zu studieren.

Maik saß gerade nicht an seinem Platz und ich hielt mich auch nicht damit auf, darauf zu warten, dass er zurückkam nur, damit ich mich von ihm verabschieden konnte. Man musste nur durch das Fenster greifen und den Knopf unter dem Pult drücken, damit sich die Tür entriegelte und man hinaus konnte.

Wie die meisten, die im Bergpark spazieren gehen wollten, parkte ich auf dem großen Parkplatz unterhalb des Schlosses. Hier standen noch nicht viele Autos. Meist wurde es auch erst am Nachmittag voller. Ein Blick auf meine Uhr verriet mir, dass ich bis dahin noch etwa drei Stunden Zeit hatte. Genug, um mich ein wenig zu entspannen.

Meine Parkbank war nicht besetzt und kaum hatte ich mich auf ihr niedergelassen, fühlte ich mich schon leichter.

Als Psychologin war mir zwar klar, dass ich mir das vielleicht auch nur einredete aber wenn es half, warum denn nicht.

Von meiner Bank konnte ich direkt auf eine Brücke schauen, die man über einen künstlich angelegten Wasserfall gebaut hatte. Ihr Name war Teufelsbrücke.

Warum man sie so genannt hatte, wusste ich nicht genau. Ich hatte aber schon lange vor, mich dahingehend schlauer zu machen. Es war wirklich noch etwas frisch an diesem Mittag doch als hätte sie mein inneres Flehen gehört, kämpfte sich die Sonne durch die grauen Wolken und schien mir direkt ins Gesicht. Wäre es möglich, ich wäre gern für den ganzen Tag hier sitzen geblieben und hätte nichts anderes gemacht, als mit geschlossenen Augen da zu sitzen.

Leider musste ich noch fürs Wochenende einkaufen.

Samstags vermied ich es meist, dies zu tun, weil mir die Läden dann einfach viel zu voll waren.

Zudem traf ich mich meist an diesem Tag mit meiner Freundin Marina, da wir uns sonst die ganze Woche über nicht sahen. Jetzt verdrängte ich meine Termine und versuchte einfach zu entspannen.

„Herrliches Wetter, nicht?"

Beinahe wäre ich vor Schreck von der Bank gefallen.

Die Frau, die plötzlich neben mir saß, schien das aber nicht zu bemerken. Sie schaute weiter mit halb geschlossenen Augen in die Sonne. „Heute Morgen sah es noch so aus, als ob es den ganzen Tag trüb bleiben würde und nun sie sich einer das an!"

Sie hatte langes, braunes, lockiges Haar, das sie offen trug. Es fiel über ihr Sommerkleid außer dem sie, soweit man das sehen konnte, nichts trug.

„Ich habe Sie gar nicht kommen hören." Meinte ich, nachdem ich mich ein wenig gefangen hatte. Nun wandte sie sich zu mir um. „Oh, habe ich Sie etwa erschreckt? Das tut mir leid! Es war sicher nicht meine Absicht!"

Mit einem Winken gab ich ihr zu verstehen, dass es für mich schon kein Thema mehr war.

Eigentlich störte es mich viel mehr, dass man mich auf MEINER Bank nicht in Ruhe ließ, während ich versuchte, zu entspannen. Leider schien die Frau nicht die Feinfühligkeit zu besitzen, um dies zu bemerken. Während sie sich wieder der Sonne zuwandte, sprach sie weiter. Ihre Stimme war sehr ruhig und weich. Wahrscheinlich konnte sie damit jeden Mann einlullen, bei dem sie es wollte.

„Wissen Sie. Das hier ist meine Lieblingsbank. Ich komme oft hierher und setze mich ein paar Stunden.

Irgendwie kann ich hier am besten nachdenken. Man kann gut seine Sorgen und Ängste vergessen."

Verdammt!

Sie schien genauso zu empfinden wie ich. Aber schön zu wissen, dass ich nicht die Einzige war, der es so erging und die öfter mal einen gewissen Abstand zur normalen Gesellschaft brauchte.

Komisch daran war nur, dass sie in ihrem Outfit eher so aussah, als könnte sie nicht weiter von der Realität entfernt sein. Im ersten Moment hatte ich sie eher für einen Hippie gehalten, denn wie jemand, der mit beiden Beinen im Leben stand, sah sie nicht aus. Sie trug ja nicht einmal Schuhe ...

„Ich spüre gerne die Grashalme und die Erde zwischen meinen Zehen." lächelte sie.

Natürlich hatte sie bemerkt, dass ich sie mehrmals von oben bis unten gemustert hatte und wie dabei mein Blick oft an ihren Füßen hängen geblieben war. Auch wenn es vielleicht einen anderen Grund hatte, als sie dachte. Ich dachte daran, dass ungefähr so Eva ausgesehen haben musste, als sie aufgegriffen wurde.

Verlegen wandte ich meinen Blick ab und schaute hinab auf das Schloss. Auf der großen Wiese saß eine große Gruppe Menschen. Es waren vorwiegend junge Menschen und ich vermutete, dass es sich bei ihnen um eine Klasse handelte, die einen Ausflug machte.

„Es muss ihnen nicht peinlich sein." lächelte die Frau. Ihr Blick verriet, dass es ihr wirklich nichts ausmachte.

„Ich habe mittlerweile gelernt, dass man damit leben muss, wenn man so herum läuft. Da sind Blicke noch das Beste, was man ernten kann."

Bei der Vorstellung daran wie die Leute ihr auf der Straße wohl hinterher sahen, musste ich lächeln. „Ich habe mir sogar schon mal überlegt, ob ich mir nicht eine kleine Krone aus Blüten mache, um das Bild perfekt zu machen", scherzte sie weiter. Sie ging sehr locker damit um, was mir gefiel. Wir kamen langsam in Fahrt und unterhielten uns noch Stunden über die Menschen und ihre zum Teil ziemlich einseitigen Blickwinkel. Nebenbei erfuhr ich auch ein bisschen über sie – sie hieß Stefanie und war wie ich Mitte vierzig – allerdings war es so, dass ich mehr über mich erzählte, was sie aber nicht wirklich zu stören schien.

Als ich mich endlich von ihr verabschiedete, war die Sonne schon fast vollständig hinter dem Horizont versunken. Sie wünschte mir noch einen schönen Abend und verschwand dann in den Wald. Während ich zum Auto lief, zog dichter Nebel auf. Zwar war es seltsam, weil der Tag ja recht trocken war, aber ich zerbrach mir nicht weiter den Kopf darüber und lief schnell weiter. Jemand hatte an der Tür meines Autos eine Visitenkarte festgeklemmt. Ohne sie genauer anzuschauen, nahm ich sie und warf sie in den nächsten Mülleimer. Es war mit großer Wahrscheinlichkeit sowieso wieder jemand, der mir anbot, mein Auto zu kaufen. Meinen kleinen Polo hatte ich allerdings schon so lange, dass er für mich schon einen ideellen Wert hatte und ich würde ihn nicht einmal dann verkaufen, wenn ich große

Geldsorgen hatte. Danach sah es aber zum Glück eh nicht aus.

Vor dem Geschäft, in dem ich immer einkaufte, gab es leider mal wieder keinen freien Platz vor dem Eingang und so fuhr ich ein Stück weiter über den Parkplatz. Hier befand sich eine kleine Tankstelle und weitere Parkplätze, dort wurde ich dann auch fündig.

Leider war ich, während ich mit dem Einkaufswagen durch den Laden lief, nicht ganz bei der Sache. Zwar kaufte ich alles, was ich nötig brauchte, aber leider auch vieles, was ich mir eigentlich geschworen hatte, nicht wieder anzufassen. Darunter zählten zum Beispiel Milch, Pizza und Kartoffelchips. Seit Jahren plagten mich immer, wenn ich diese Dinge zu mir nahm, danach heftige Bauchschmerzen.

Mein Hausarzt hatte bei mir eine Unverträglichkeit auf die meisten Fette festgestellt. Vor allem vor Tierischem musste ich mich in acht nehmen. Zwar fiel es mir manchmal schwer darauf zu verzichten, allerdings hatte ich festgestellt, dass ich es besser vertrug, wenn ich viel trainiert hatte.

Vielleicht kaufte ich diese Sachen auch nur, weil mir mein Unterbewusstsein riet, mal wieder trainieren zu gehen…

Nach dem unangenehmen Vorgang des Bezahlens – natürlich hatte ich nicht genug Bares bei mir und musste mit meiner Kreditkarte bezahlen – packte ich meine Sachen in drei große Papiertaschen und lief mit meinen Leckereien über den Parkplatz. Meine Empfehlung ist: Wenn man über einen Parkplatz oder sonst wo lang läuft wo Fahrzeuge lang fahren, sollte man bei der Sache sein.

Plötzlich stand ich in grellem Scheinwerferlicht. Ein Auto musste stark abbremsen und der Fahrer war ziemlich erbost darüber, dass ich so einfach ohne zu schauen auf die Fahrbahn getreten war. Er hupte und ich ließ vor Schreck meine Taschen fallen. Während er einen Bogen um mich fuhr fragte er mich auf äußerst unfreundliche Art, ob es mir in meinem Oberstübchen noch gut ginge. Weil mir der

Schreck noch immer in den Gliedern saß, stand ich einfach nur da. Ein Mann, der scheinbar alles gesehen hatte fand wohl, dass ich diese Art der Behandlung nicht verdiente. Er lief zu dem Wagen und stellte sich breitbeinig davor.

„Hey, du Idiot! Vielleicht hat die Frau einen Fehler gemacht, aber man muss nicht gleich so unfreundlich sein!"

Der Fahrer des Wagens war völlig perplex, dass er nun derjenige war, der so angegangen wurde, doch dann fing er sich und beugte sich aus dem Fenster.

„Was willst du denn jetzt von mir, du Idiot? Soll ich rauskommen, dann können wir das gleich klären!"

„Nur zu." grinste mein Fürsprecher und krempelte provokativ die Ärmel seines Hemdes nach oben, während er zur Seite trat.

Scheinbar hatte der Fahrer damit nicht gerechnet, denn nun zögerte er doch. Das war typisch für die meisten Männer. Eine große Klappe hatten sie, doch wenn dann wirklich jemand auf ihre Drohungen einging, waren sie plötzlich winzig klein. Der Motor des Wagens heulte auf und die Reifen drehten durch, als der Mann mit Vollgas vom Parkplatz raste.

„Du erzählst mir was von nicht mehr ganz dicht und rast wie ein Bekloppter?" rief der Mann dem Autofahrer hinterher. Doch der war schon um die Kurve und das Geräusch seines Motors wurde leiser, während er sich entfernte.

Ich beugte mich hinunter, um meine Sachen aufzuheben und wieder in den Taschen zu verstauen. Nun hockte sich der Mann auch noch neben mich und half mir dabei. Als er mir einen Joghurt reichte, lächelte ich. „Erst helfen Sie einer fremden Frau, die angebrüllt wird und dann auch noch dabei, ihre Sachen aufzuheben? Wollen Sie mich nicht heiraten?"

Ein wenig war ich doch über mich erstaunt. Ich flirtete mit einem Mann, den ich gerade zum ersten Mal getroffen hatte. Scheinbar hatte mich die Zeit im Park wirklich entspannt.

„Das kannst du schon, Anna. Ich frage mich nur, ob du das wirklich willst!"

Als ich nun seine Stimme so ruhig hörte und so nah neben mir, zuckte ich zusammen. Ich kannte ihn. Ein Blick in sein halb im Dunkeln liegendes Gesicht sagte mir auch, woher. Es war Thomas!

Wahrscheinlich drehten sich alle Lebewesen auf dem Parkplatz nach mir um, doch das war mir gerade egal. Ich fiel auf dem Hintern und schrie, als hätte ich gerade den Teufel gesehen, was der Sache schon recht nahe kam. Völlig verdutzt schaute mich der Mann an. Doch dann wurde ihm scheinbar klar, was ich für ein Problem hatte.

Er packte mich mit beiden Händen und versuchte mich durch zureden zu beruhigen. Zwar hörte ich auch irgendwann auf zu schreien, aber meine Hände und der Rest meines Körpers zitterten dermaßen, dass ich nicht im Stande war aufzustehen und wegzurennen.

„Anna, beruhige dich, ich bin nicht Thomas. Ich bin es, Leon!"

Seine Worte drangen nur wie in Zeitlupe zu mir durch.

Und vom Hören bis zum Verstehen brauchte ich noch einmal so lange.

Derjenige, der hier vor mir saß, war nicht mein Ex-Mann, sondern sein Zwillingsbruder.

Scheinbar wusste er nicht so ganz, wie er auf mich reagieren sollte; also tat er das einzige, was in dieser Situation richtig war, er ließ mich in Ruhe.

Leon war derjenige der beiden, den ich wirklich hätte heiraten sollen. Jedenfalls, wenn man es rein logisch betrachtete. Er war einer der warmherzigsten Menschen, die ich kannte und nachdem sein Bruder damals auf mich losgegangen war, hatte er im Gegensatz zum Rest seiner Familie zu mir gehalten. Leider war ich immer eher vom

Bad-Boy-Typen, also von den bösen oder frechen Jungs, angezogen worden.

Meine Panik legte sich langsam und nun konnte ich mich auch ein wenig freuen, dass ich ihn traf.

„Mensch, was machst du denn hier in Kassel?" fragte ich immer noch etwas aus der Fassung.

Damit schaffte ich es immerhin, seinem zutiefst besorgten und entschuldigenden Gesichtsausdruck ein Lächeln zu entlocken.

„Die Sache ist recht einfach. Ich habe hier einen Job gefunden und bin vor etwa einem halben Jahr hierher gezogen."

Er half mir wieder auf die Beine und während ich mir den Dreck provisorisch von der Kleidung wischte, schaute er mich von der Seite an.

„Alles in Ordnung mit dir? Ich meine, erst passt du nicht so wirklich auf wohin du gehst und dann erschrickst du dich beinahe zu Tode, als du mich siehst. Eine gewisse Ähnlichkeit zwischen mir und »IHM« gibt es ja, aber du solltest uns doch auseinanderhalten können!"

Meine Kleidung war wohl reif für die Wäsche und weil ich nichts mehr ausrichten konnte, unterbrach ich mich selbst und richtete mich voll auf. Das Zittern hatte endlich aufgehört.

„Ja, tut mir auch leid. Irgendwie hatte ich in letzter Zeit ein paar seltsame Träume und die Arbeit ist auch nicht ohne.

Wahrscheinlich bist du nur irgendwie der Tropfen für mein Fass gewesen."

In seinem Blick lag nun sehr viel Mitleid.

„Was denn für seltsame Träume? Willst du mir vielleicht davon erzählen? Vielleicht bei einem Ginger Ale oder so? Du trinkst ja keinen Alkohol, soviel ich weiß."

Ich konnte nicht fassen, dass er sich noch daran erinnerte, welches mein Lieblingsgetränk war.

„Das mit der Abstinenz habe ich mittlerweile aufgegeben." Scheinbar kam es nicht nur mir so vor, als hätte sich das ein wenig kleinlaut angehört.

„Echt?"

„Soll das ein Witz sein?" scherzte ich. „Ein Glas guter Wein oder auch mal ein Gläschen Whiskey ist der Lebensretter in der Not, wenn man in meinem Beruf arbeitet."

Leon lachte herzlich. „Na, dann lade ich dich aber ein! Als Entschuldigung für eben."

Zwar sagte ich ihm, dass es nicht seine Schuld war, doch er bestand darauf. Also hatte ich wohl eine Verabredung für diesen Abend.

3.

Nur eine Stunde später erreichte ich verabredetes Lokal, das direkt an der Wilhemshöher Allee lag.

Es war brechend voll. Das wunderte mich nicht wirklich, denn die Räumlichkeiten waren immer gut besucht, auch unter der Woche. Leon hatte uns wie durch ein Wunder trotzdem einen Tisch reservieren können und als ich ihn darauf ansprach, grinste er mich nur an und meinte:

„Beziehungen!"

Dabei beließ er es und es dauerte auch nicht lange, bis unsere Getränke kamen.

Ein Guinness für Leon und ein Ginger Ale für mich.

Nachdem ich meine Bestellung bei der Bedienung aufgegeben hatte, sah mich Leon fragend vom anderen Ende des Tisches an.

„Ich will den Abend ruhig angehen lassen." hatte ich darauf erwidert.

Meine Einstellung sagte ihm wohl zu, denn er quittierte meine Aussage mit einem Nicken.

Anscheinend wusste er nicht so richtig, wie er das Gespräch eröffnen sollte. Es war ihm richtig unangenehm, nicht zu wissen, was er sagen sollte. Das konnte ich ihm ansehen. Also erlöste ich ihn nach einer Zeit, indem eben ich das Gespräch begann.

„Also, wie bist du hierher gekommen?"

Er nahm einen großen Schluck aus seinem Glas, stellte es ab und wischte sich einmal mit dem Handrücken über den Mund. Die Ähnlichkeit mit seinem Bruder war wirklich verblüffend.

Die gleichen braunen Locken, blauen Augen und das markante Kinn. Eigentlich ein echter Frauenschwarm und wenn er nicht, im Gegensatz zu Thomas, so verdammt schüchtern gewesen wäre, dann wäre er vielleicht auch schon lange glücklich verheiratet.

„Naja, wie schon gesagt. Zum Großteil lag es an der Arbeit. In Niedersachsen war ich leider nicht so erfolgreich und deshalb habe ich die Stelle hier gleich angenommen als sie mir angeboten wurde."

Leon arbeitete genau wie sein Bruder als Kfz-Mechaniker, Thomas war damit ja nicht sehr erfolgreich gewesen. Noch etwas, worin sie sich unterschieden.

„Und, was war der andere Grund?"

Scheinbar war es ihm wirklich unangenehm darüber zu reden und ich wollte ihn auch nicht drängen. Es dauerte aber nicht lange bis er mit der ganzen Geschichte heraus rückte.

Seine Stimme veränderte sich, während er anfing zu sprechen. Sie klang sehr düster und frustriert. „Nachdem das mit Thomas war, habe ich mich mit meinen Eltern in die Wolle gekriegt. Sie waren wirklich fest der Meinung, dass es nicht Thomas Schuld gewesen sei, dass er dich so zugerichtet hat."

Das Lachen konnte ich mir jetzt beim besten Willen nicht verkneifen.

„Nein? Wer soll denn sonst daran schuld gewesen sein?"

Leon schluckte und jetzt wurde mir augenblicklich klar, warum. Ich wollte es aber aus seinem Mund hören.

„Naja. Sie sagten, dass du ihn soweit getrieben hättest. Damit, dass du unbedingt wegziehen wolltest und so…"

Das war zuviel des Guten.

„ICH? Er wollte doch mit mir mit. Er hat doch um meine Hand angehalten. Ich habe ihm bestimmt nicht erst gesagt: »Hey, wenn du keinen Job findest, dann ersauf doch deinen Kummer im Alkohol, aber komm bloß nicht damit zu mir« und bestimmt auch nicht, dass er mich halb tot schlagen soll! Was denkt ihr denn von mir?"

Die Leute drehten sich zu uns um und starrten uns bereits an. Mich bereits zum zweiten Mal an diesem Tag.

Die Aktion auf dem Parkplatz mit eingerechnet.

Natürlich ging mir das gepflegt am Allerwertesten vorbei. Leon hob abwehrend die Hände.

„Nun mal langsam. Ich habe das nie gesagt und wenn du es genau wissen willst, es ist der Hauptgrund gewesen, weshalb ich mich mit meinen Eltern gestritten habe. Es gibt keine Rechtfertigung oder Entschuldigung für das, was mein Bruder dir angetan hat und ich würde auch nie versuchen das in irgendeiner Hinsicht zu tun!"

Ein bisschen besänftigte er mich schon, indem er mir das sagte. Und Leon sah mir das an. Verdammt. Warum war ich für manche Leute wie ein offenes Buch?

Schnell senkte ich meinen Blick und bewunderte das wirklich sehr kunstvolle weiße Muster auf der weißen Papiertischdecke.

Leon lächelte und winkte die Bedienung heran. Er bestellte uns Wein und während wir darauf warteten, sprachen wir kein Wort miteinander. Mir war es peinlich, dass ich ihn eben so angefahren hatte und ich wusste nicht, wie ich mich am besten bei ihm entschuldigen sollte.

Endlich kam der Wein und gerade als ich meinen Mund öffnete, um kleinlaut meinen Fehler einzugestehen, fiel Leon mir ins Wort.

„Was hast du denn jetzt Merkwürdiges geträumt?"

Sein aufmunterndes Lächeln und das kurze Zwinkern ließen keinen Zweifel daran, dass er die Sache schon wieder vergessen zu haben schien.

Zwar war ich darüber erleichtert, dass ich mich nun nicht mehr erklären musste, doch ich war nun auch nicht besonders erpicht darauf, ihm von meinem Traum zu erzählen. Wahrscheinlich würde er mich für verrückt erklären oder noch schlimmer: Er könnte mich auslachen.

Irgendwie hatte ich mich auch nur darauf gefreut, mal wieder mit jemandem aus meiner Vergangenheit zu quatschen, der mir nie vorschreiben wollte wie ich mich zu verhalten habe.

Doch wie ich merkte, war der Traum nicht nur ein Vorwand, um sich mit mir zu treffen, denn so wie er mich anschaute, interessierte es ihn wirklich. Dann mal los, dachte ich.

Während ich erzählte, verzog Leon nicht einmal die Miene. Nachdem ich geendet hatte, brauchte ich einen großen Schluck aus meinem Glas. Darauf hin wurde mir auch gleich wärmer. Jetzt wartete ich darauf, dass Leon etwas sagte. Damit ließ er sich meiner Meinung nach sehr lange Zeit. Vielleicht merkte er mir meine Nervosität an, denn schließlich räusperte er sich und beugte sich etwas vor, sodass nur noch ich ihn verstehen konnte.

„Also…" Leons Augen wanderten hektisch Hin und Her. Scheinbar suchte er noch nach den richtigen Worten.

Ein ungutes Gefühl beschlich mich. So, als ob ich das, was er mir zu sagen hatte, gar nicht hören wollte.

„Du glaubst mir nicht, oder? Du hältst mich für eine Verrückte."

Jetzt sah er mir direkt in die Augen.

„Nein. Auf keinen Fall. Es… naja es wundert mich nur ein wenig."

„Was wundert dich?"

„Das du davon träumst."

Selbst wenn ich spanisch verstanden hätte, wäre ich aus ihm wohl nicht schlau geworden.

Mir fiel ein, dass ich ihm eins noch nicht erzählt hatte.

„Das Merkwürdigste weißt du ja noch gar nicht. Seit kurzem höre ich manchmal eine Stimme."

„Was für eine Stimme denn?"

„Naja. Ich weiß nicht, ob ich sie in meinem Kopf höre oder ob sie wirklich existiert. Sie kommt mir aber seltsam vertraut vor."

„Und es ist immer die gleiche Stimme?"

„Immer!" bestätigte ich.

Weil ich mir denken konnte, dass Leon das gerade gehörte erst einmal verarbeiten musste, ließ ich ihm einen Moment, in dem ich nichts sagte und einfach nur ab und zu an meinem Glas nippte. Währenddessen schaute ich mich ein wenig in dem Restaurant um und beobachtete die Leute.

Das half mir auch meine eigene Angst unter Kontrolle zu bekommen und einen Schweißausbruch zu unterdrücken. An einem Tisch nicht weit von uns entfernt saß ein junger Mann, der wohl kaum älter als fünfundzwanzig war mit einer jungen Frau, deren Alter ich wegen der vielen schichten Schminke kaum einschätzen konnte. Die junge Frau schien sehr aufgebracht über etwas zu sein, dass der Mann getan hatte, denn während sie auf ihn einredete, hatte er nur seinen Kopf gesenkt und schwieg. Zudem sagte sein Blick ebenfalls, dass er sich schuldig fühlte.

Neben ihnen saß eine Gruppe Frauen, die die Unterhaltung der beiden sehr interessant fanden. Zwar unterhielten sie sich miteinander aber man konnte sehen, dass dies nur Show war.

Und während sie des Öfteren nach nebenan schielten, wurden sie ebenfalls in Augenschein genommen.

Und zwar von vier Männern, die neben mir und Leon an einem anderen Tisch saßen.

Als ich hinübersah, traf sich mein Blick mit einem der ihren. Er wich mir nicht aus, sondern schaute mich sehr interessiert an. Während ich sah wie sein Blick mich bewundernd musterte, wurde mir warm. Natürlich schmeichelte er mir damit, aber andererseits war mir auch nicht wohl dabei. Und das nicht nur, weil ich in Begleitung von Leon war.

Das junge Ding wusste doch gar nicht wie alt ich wirklich war. Und vor allem wie alt ich mich fühlte. Naja.

Jetzt gerade etwas jünger.

„Hast du schon mit anderen darüber geredet?"

Leon war mit seinen Überlegungen wohl am Ende angekommen.

„Nein, du bist bis jetzt der… die einzige Person."

Beinahe hätte ich »der Einzige« gesagt und daraus hätte man leicht schließen können, dass ich Solo war und irgendwie wollte ich nicht, dass Leon dies jetzt schon erfuhr.

Vielleicht ging er dann davon aus, dass ich Interesse an ihm hatte. Aber war es vielleicht wirklich so? Klar war mir in diesem Moment nur, dass mir nichts klar war.

Leon grinste mich verschmitzt an. Scheinbar war er sich viel sicherer.

Verdammt!

Was war denn los mit mir? Ich benahm mich ja gerade wirklich so wie ein Teenager. So etwas konnte sich doch für eine Frau meines Alters kaum geziemen oder?

Geziemen? Das sagte man doch seit Achtzehnhundertschnee nicht mehr. Leon rette mich ich denke mich gerade um den Verstand.

Mein stilles Gebet wurde erhört.

„Ich muss dir auch noch unbedingt etwas erzählen."

Wieder schaute er sich im Restaurant um so, als würde sich ein Teil von ihm dagegen wehren.

„Nur weiß ich nicht, wie…"

Es war ihm definitiv unangenehm aber mich freute es, dass ich ihm nun meinerseits die Angst nehmen konnte, indem ich mich vorbeugte und ihm meine Hände auf den Arm legte.

„Hey. Ist doch kein Problem. Ich bin mir sicher, dass es mich nicht gleich vom Hocker hauen wird."

Sein Blick war voller Zweifel.

„Na, wenn du meinst… also irgendwie… ich glaube, ich sage es dir einfach frei heraus. Äääähm, willst du vielleicht noch einen Schluck trinken?"

Bevor ich antworten konnte, winkte er die Bedienung heran und bestellte eine ganze Flasche Wein. Da mittlerweile nur noch wir und das Pärchen im Lokal saßen, das sich nun wieder zu versöhnen schien – sie saß direkt neben ihm und sie knutschten wild – dauerte es keine Minute bis der Wein kam.

Leon goss mir das Glas bis oben hin voll und setzte sich dann so hin, als würde er damit rechnen in der nächsten Sekunde aufspringen und hinausrennen zu müssen.

„Also, ich habe heute Mittag meine Eltern angerufen, weil ich noch einige Papiere brauche, die ich bei ihnen vergessen habe… Naja… ein Mann ist ans Telefon gegangen… und das war nicht mein Vater. Ich habe die Stimme erst gar nicht erkannt, weil ich sie so lange nicht gehört habe, aber als ich dann meinen Namen genannt hatte, meinte derjenige nur:" Ach, Bruderherz, meldest du dich auch mal bei uns?"

Während Leon verstummte und mich ansah wurde mir so langsam klar, was er mir damit sagen wollte: Thomas war frei!

Erst begannen meine Hände zu zittern und dann breitete sich der Schock über meinen ganzen Körper aus.

Plötzlich verlor ich sämtliche Kontrolle über meinen Körper. Zum Glück war da schon Leon bei mir und hielt mich fest, sonst wäre ich wohl einfach vom Stuhl gekippt.

Mein Mund öffnete sich und ich fing an, zu schreien. So lang und so laut bis die Adern an meinem Hals hervor traten und die Bedienung ankam und irgendetwas zu uns sagte, dann wurde mir schwarz vor Augen.

Blonde Haare lagen auf meinem Gesicht, als ich die Augen öffnete.

„Da sind Sie ja wieder." Begrüßte mich der Mann, der neben mir auf dem Boden kniete.

Seine Uniform trug die Farben der Feuerwehr und ich konnte zwar nicht lesen, was auf dem Schild stand, das an seine Brust geheftet war, doch mir war klar, dass er ein Sanitäter war.

Ihm gegenüber schaute ein nun erleichterter Leon auf mich herab. Ich wollte mich aufsetzen, doch der Sanitäter drückte mich mit behutsamer Gewalt wieder zurück.

„Bitte, bleiben Sie noch einen Moment liegen. Wir wissen noch nicht, ob Sie stabil genug sind."

Mir blieb gar nichts anderes übrig, als mich zu fügen und während er noch einmal meinen Blutdruck maß, schaute ich mich wieder um. Das junge Paar beobachtete uns sah aber schnell weg, als sie bemerkten, dass ich sie ertappt hatte. Mein Blick ging weiter und an mir herunter. Nun fiel mir auf, dass Leon meine Hand hielt. Sein Händedruck war ziemlich nass; scheinbar hatte ich ihn mit meiner Aktion ganz schön ins Schwitzen gebracht. Als er sah, wie ich seine Hand anstarrte, ließ er mich schnell los und lächelte verlegen.

Gern hätte ich ihm jetzt etwas Cooles oder Lässiges gesagt um ihn zu beruhigen, doch mir fiel einfach nichts ein.

Also tastete ich einfach nur nach seiner Hand und als ich sie fand, drückte ich sie um ihm damit zu verstehen zu geben, was ich nicht aussprechen konnte.

Das verwirrte ihn, wie man ihm eindeutig ansah.

Der Sanitäter befreite mich von der Armbinde und somit auch von dem Druck, den sie auf meinen Arm ausübte. Als ich ihn ansah nickte er mir lächelnd zu.

„Wenn Sie wollen, dann können Sie nun versuchen, sich aufzusetzen. Aber bitte langsam, denn ihr Kreislauf könnte immer noch etwas instabil sein!"

Leon half mir und mit ihm gelang es mir, mich mit dem Rücken gegen die Wand zu lehnen.

Mir wurde wirklich ein bisschen schwindlig und während ich die Augen schloss meinte der Sanitäter zu Leon, dass ich am besten etwas zuckerhaltiges trinken sollte, damit ich wieder Energie bekam. Medikamente wollte er mir jetzt keine geben, denn mit dem Alkohol in meinem Körper hätte dies das genaue Gegenteil bewirken können.

Da wir beide nicht scharf darauf waren, die Nacht im Krankenhaus zu verbringen – obwohl die Sanitäter mich dorthin gerne zur Beobachtung gebracht hätten – bestellte er mir eine Cola und ich trank das Glas in kleinen Schlucken leer.

Wieder wollten die Sanitäter mich dazu überreden, mit ihnen ins Krankenhaus zu fahren, doch ich weigerte mich so beharrlich, dass derjenige, der mich eben behandelt hatte, einen Kompromiss vorschlug.

„Na gut. Wie ich sehe, sind Sie nicht zu überzeugen. Da wir Sie wohl erst K.O. schlagen müssten damit wir Sie ins Krankenhaus bringen können, schlage ich Ihnen einen Deal vor:

Sie dürfen nach Hause fahren, wenn jemand Sie begleitet und heute Nacht bei Ihnen bleibt."

Leons Grinsen war kaum zu übersehen.

Ich musste auch nicht lange über eine Entscheidung nachdenken. Allerdings musste ich Leon damit enttäuschen.

„Das ist kein Problem. Meine Freundin wollte eh schon lange mal wieder vorbeikommen, um einen Weinabend zu machen."

Wegen des Gesichtsausdrucks in seinem Gesicht tat Leon mir wirklich leid, doch daran konnte und wollte ich auch nichts ändern. Er musste einsehen, dass ich jetzt – so lieb er auch war – lieber meine beste Freundin um mich herum haben wollte, als den Bruder des Mannes, wegen dem ich gerade eine Panikattacke gehabt hatte.

Nachdem die Sanitäter mit einem letzten prüfenden Blick auf mich den Laden verlassen hatten, versuchte ich, es Leon genauso zu erklären. Aber auch mein Argument, dass er selber ja nichts dazu konnte, schien ihn nicht wirklich milde zu stimmen. Erst als ich ihm versprach, dass ich mich am Sonntag gern wieder mit ihm treffen würde konnte ich ihn soweit erweichen, dass er seinen Blick wieder von den Dielen auf dem Boden abwandte.

Meine Freundin Irina freute sich darüber, dass ich sie zu einem »Mädelsabend« – oder vielmehr einer »Mädelsnacht« - einlud. Sie bot sich an, Wein mitzubringen, doch als ich ablehnte, wurde sie misstrauisch.

Ich wusste ganz genau, dass sie eh nicht locker lassen würde und so sagte ich ihr nur, dass ich ihr alles erklären würde, sobald sie bei mir war. Leon bot sich netterweise an mich nach Hause zu fahren, da ich mich in meinem Zustand wohl besser nicht hinters Steuer setzen sollte.

Irina wartete bereits an der Haustür auf mich und als sie sah, dass ich aus dem Auto eines Mannes ausstieg, warf sie mir einen doch sehr erstaunten Blick zu. Sie hatte auch allen Grund dazu, denn seit ich geschieden war, hatte ich mich mit keinem Mann mehr getroffen.

Leon fiel es merklich schwer, sich von mir zu verabschieden und er fand einen Grund nach dem anderen, um den Moment noch etwas hinaus zu zögern.

Schließlich schaffte ich es doch, aber er wartete noch so lange bis die Haustür hinter uns ins Schloss gefallen war.

Irina drückte mich kurz zur Begrüßung und folgte mir dann schweigend bis in meine Wohnung. Kaum hatte ich aber die Tür geschlossen, konnte sie es scheinbar nicht mehr halten.

„Was ist passiert? Du siehst aus, als hättest du einen Geist gesehen. Bist du überfallen worden? Wer war der Mann eben? Warum hast du mich nicht gleich angerufen? Wer war der Mann denn nun?..."

Sie schien nicht einmal Luft zu holen und wahrscheinlich wäre sie wegen Sauerstoffmangel umgefallen, wenn ich sie nicht unterbrochen hätte.

Ich sagte ihr, sie solle schon einmal ins Wohnzimmer gehen, während ich Tee für uns kochte. Dort hielt sie es auch wirklich fast eine Minute aus, bevor sie in der Küchentür auftauchte, dort stehen blieb und mich bei jedem meiner Handgriffe beobachtete.

Seufzend erzählte ich ihr also, was ich an diesem Tag erlebt und gehört hatte. Am meisten erzählte ich von der Zeit, ab der ich Leon getroffen hatte.

Irinas Kinnlade fiel schon herunter als ich ihr erzählte, dass Leon Thomas Zwillingsbruder war. Doch als ich ihr dann noch erzählte, dass Thomas anscheinend wieder auf freiem Fuß war, fiel sie aus allen Wolken.

Ich ließ ihr ein paar Minuten Zeit, um auf die deutsche Justiz zu fluchen. Während sie dann einen Schluck Tee nahm, erzählte ich ihr von meinem Zusammenbruch, nachdem ich diese Nachricht bekommen hatte. Das schien sie allerdings nicht sonderlich zu überraschen. Ihrer Meinung nach hätte diese Nachricht selbst die stärkste Frau »aus den Latschen gehauen«.

Dann sprach sie das an, was auch meine größte Befürchtung war.

„Sag mal. Glaubst du, er wird dich suchen?"

Mein Gesichtsausdruck verriet ihr die Antwort.

„Weißt du schon was du machst, wenn er es wirklich schafft?"

Natürlich wusste ich das nicht. Eigentlich hoffte ich ja, dass es niemals soweit kommen würde, doch tief in meinem Inneren war mir klar, dass es dank des Internets und meiner Praxis sehr leicht war, mich aufzuspüren. Zwar hatte ich seit dem Vorfall damals eine Verfügung erwirkt, die es Thomas verbot, sich mir zu nähern, doch dass ich jetzt Polizeischutz bekam, war auch zu bezweifeln.

Im Prinzip blieb mir nichts anderes übrig, als auf der Hut zu sein und sollte der Fall der Fälle eintreffen und er mich wirklich aufsuchen, dann blieb mir ja immer noch mein Kampfsport.

Dann zeigte mir Irina, was für eine gute Freundin sie war, indem sie mich in den Arm nahm und versuchte, mich abzulenken. Sie arbeitete in einem großen Geschäft für Elektroartikel und sie konnte mir jedes Mal, wenn wir uns trafen, neue Anekdoten erzählen.

Damit schaffte sie es immer, mich zum Lachen zu bringen. An diesem Abend dauerte es zwar länger, aber schließlich konnte ich nicht widerstehen zu lachen, als sie eine besonders witzige Geschichte von einer Kundin erzählte, deren Hund ausgebüchst und die Sicherheitsleute zum Narren gehalten hatte. Das mag vielleicht nicht so lustig klingen, doch Irina hatte heimlich ein Video mit ihrem Handy gemacht. Wie dieser kleiner Hund es immer wieder schaffte, durch die Beine der Männer oder auf andere Art und Weise zu entkommen, das war wirklich zum Schießen.

Nebenbei ging noch wenigstens ein Viertel des Inventars zu Bruch.

Irina erzählte mir, dass sie den ganzen Rest des Tages damit verbracht hatten das Chaos zu beseitigen, doch ihrer Meinung nach wäre es das wert gewesen.

Nachdem wir noch weitere drei Stunden geredet, einen Film gesehen und etliche Kannen Tee getrunken hatten, bemerkten wir, dass es draußen schon wieder hell wurde. Wir beschlossen, es für den Moment gut sein zu lassen und erst mal ein paar Stunden zu schlafen. Danach wollten wir Frühstücken gehen und dann einen entspannten Tag verbringen. Während Irina scheinbar gleich schlafen konnte, lag ich noch wach. Ich hatte zu große Angst davor, dass ich wieder einen Albtraum bekam. Meine Bedenken stellte sich als völlig unbegründet heraus, denn ich war so müde, dass ich, als ich endlich die Augen schloss, wie ein Stein schlief.

4.

$\mathcal{D}$er Tag begann, wie der letzte aufgehört hatte. Ich war völlig übermüdet und schaffte es kaum, meine Beine, über die Bettkante zu heben. Irina hatte uns netterweise schon Kaffee gekocht, denn auch wenn wir außer Haus frühstücken wollten, so wäre ich ohne einen großen Schluck Koffein nicht einmal bis zur Haustür gekommen. Und Irina war eh koffeinsüchtig.

Das Café, für das wir uns entschieden, lag genau an der Fulda – dem Fluss, der durch die Stadt floss. Zwar war der Himmel etwas bewölkt doch die Terrasse war so schön leer, dass wir uns doch dorthin setzten. Da wir reichlich spät dran waren, hatte man das Frühstücksbuffet bereits abgeräumt und wir mussten uns mit Salat, Steak und gebratenen Kartoffeln zufriedengeben.

Eigentlich war das aber auch nicht weiter schlimm, da ich ja eh nie wirklich frühstückte.

Kassel hatte kurz vor dem Jahrtausendwechsel offiziell den Titel »Documenta-Stadt« erhalten. Und ausgerechet in diesem Jahr fand die Documenta wieder statt.

Die Documenta ist eine Ausstellung verschiedenster Künstler aus der ganzen Welt. Dabei konnte man die verrücktesten Ideen bewundern. Einmal hatte ein Künstler eine Guillotine aufgestellt und ein anderer hatte mal einen Haufen Metallschrott auf einem Platz abgeladen. Was manche eben so als Kunst bezeichneten. Zu dieser Documenta hatte einer dieser Künstler einen großen Galgen mitten im Auepark aufgestellt. Es war unter anderem ein genaues Duplikat von dem, an dem der ehemalige Diktator Saddam Hussein hingerichtet wurde.

Zu Zeiten der Documenta versuchte die Stadt natürlich sich besonders gut zu präsentieren. Eine eigene Buslinie, die Haltestellenansage in den Straßenbahnen wurden auf deutsch und auf englisch angesagt – samt der Sehenswürdigkeiten, die sich an den Haltestellen befanden.

Alles in allem war man wirklich sehr bemüht! Nur die Bewohner der Stadt schien es im Großen und Ganzen nicht wirklich zu interessieren. Auch ich war mittlerweile nicht mehr ganz so begeistert. Zwar war es toll, dass endlich mal etwas Leben in die Stadt kam, nur konnte ich, nachdem ich die Documenta nun schon das dritte Mal miterlebte, den Hype darum nicht mehr wirklich verstehen.

Ich war gerade damit beschäftigt einen »Sightseeingbus« zu beobachten, der mit lauter Asiaten gefüllt war, die ihrem Ruf alle Ehre machten und fotografierten wie die Wilden – was auch immer an dem Rohbau eines Hallenbades so interessant war - als mich Irina daran erinnerte, dass sie auch noch anwesend war.

„Wollen wir uns nicht nachher die beleuchteten Wasserspiele anschauen?" fragte sie.

Eine Superidee, um den Tag abzuschließen, wie ich fand. „Und was machen wir bis dahin?"

Das war eine wirklich gute Frage, doch die Antwort darauf traf uns beide gleichzeitig wie ein Blitz und wir sagten es mit einem leuchten in den Augen und wie aus einem Mund: „Shoppen!"

Ich schaffte es an diesem Tag wirklich, fast dreihundert Euro auszugeben, doch das war nichts im Vergleich zu Irina, die fast das Doppelte ausgab. Zwischendurch mussten wir einige Tüten zum Auto bringenweil es sonst einfach zuviel geworden wäre. Wir nutzten den Moment, um gleich eine Pause zu machen und um noch einen Kaffee zu trinken.

Mit an Sicherheit grenzender Wahrscheinlichkeit würde ich an diesem Abend nicht schlafen können, aber genau das war auch mein Ziel. Zwar hatte ich in der letzten Nacht keinen Albtraum, doch ich befürchtete, dass ich nicht noch einmal so viel Glück haben würde. Deshalb trank ich auch konsequent Cappuccino.

Schließlich mussten wir aufhören, das Auto mit Sachen wie Klamotten und Ramsch vollzustopfen, den wir im Vorbeigehen in irgendwelchen Läden gesehen hatten und unbedingt haben mussten. Nicht nur ich, sondern auch Irina hatten die Befürchtung, dass die Achsen ihres Wagens das Gewicht nicht aushalten würden, wenn sie auch nur noch durch ein Gramm belastet wurden.

Leider hatten wir noch immer mehr als zwei Stunden Zeit bis wir im Bergpark sein wollten und hatten keine Idee mehr, was wir nun noch machen konnten. Also schlenderten wir noch ein bisschen durch die Stadt und schauten uns um.

Auf dem Königsplatz hatte man ein paar kleine Buden aufgebaut, wo man auch allerlei Sachen kaufen konnte. Irina war der Meinung, dass hier alles nur billiger Ramsch sei, doch ich fand das einige der Sachen wirklich mit viel Liebe und handwerklichem Geschick gefertigt worden waren. Und vieles von dem was wir vorhin gekauft und in Irinas Auto deponiert hatten, war wirklich nicht besser.

Wir blieben vor einem Verkaufsstand stehen, an dem Stolas verkauft wurden. Das traf sich sehr gut, denn ich wollte mir schon lange so etwas kaufen.

Die Entscheidung fiel mir nicht wirklich leicht, da es eine relativ große Auswahl gab. Irina trat schon von einem Fuß auf den Anderen, rauchte wie ein Schlot und als ich mich entschieden hatte, war sie bei ihrer dritten Zigarette angekommen. Das Gute war, dass wir nun nur noch eine knappe Stunde warten mussten.

Irina wollte auch gerne diese Nacht bei mir schlafen und ich war mehr als einverstanden damit. Heute durfte ich auch wieder Wein trinken. Dazu wollten wir uns Käse,

Kräcker und Oliven kaufen und zwei Filme in der Videothek ausleihen. Alles in allem hörte es sich nach einem Abend an, der durchaus entspannt werden könnte. Unser einziges Problem war, dass wir uns auf zwei Filme einigen mussten. Irina stand mehr auf Liebesfilme und ich war mehr der Typ der Komödien, Actionfilme und Horrorfilme sah.

Schließlich einigten wir uns auf zwei Thriller, die erst vor kurzer Zeit auf DVD und Blu-ray neu erschienen waren.

Nun mussten wir uns sogar beeilen, damit wir nicht zu spät in den Bergpark kamen.

Wir schafften es gerade noch einen Platz auf der Wiese zu ergattern, bevor das Wasser anfing vom Herkules, über die Steintreppen nach unten zu fließen. Dabei wurde es von vielen bunten Lichtern angestrahlt, womit es einfach eine urgemütliche Atmosphäre schaffte.

Manchmal konnte man ein bewunderndes »Ah« und »Oh« aus der Menschenmenge heraus hören. Touristen…

Als dann das Wasser den unteren See erreichte und dort in einer Fontäne gebündelt in den Himmel schoss, waren dieses Laute fast von allen zu hören. Viele Pärchen saßen eng aneinander gekuschelt auf der Wiese. Manche schienen jedoch nicht wirklich wegen der Wasserspiele hier zu sein, denn sie schenkten ihnen nur wenig Aufmerksamkeit.

Mein Blick wanderte weiter, denn irgendwie wurde mein Herz bei ihrem Anblick schwer.

Dann blieb es beinahe stehen als ich einen Mann sah, der hinter uns im hell erleuchteten Torbogen stand, der den Weg von dem Schloss mit der Wiese verband.

Er trug einen langen Mantel, obwohl es nicht allzu kalt war - manche Leute waren sogar nur mit T-Shirts bekleidet.

Es war Thomas, den ich sah. Ich glaubte meine Augen hätten mir einen Streich gespielt und ich schloss sie kurz, doch als ich sie öffnete, stand er immer noch dort.

Als er bemerkte, dass ich ihn sah, lächelte er und winkte mir.

„Was ist los mit dir?"

Irina drehte meinen Kopf zu sich und sah mich forschend an. Jetzt bemerkte ich, dass ich meine Fingernägel fest in ihren Arm geschlagen hatte.

„Ich habe... da!" statt in vollen Sätzen zu reden zeigte ich einfach auf die Stelle wo Thomas eben noch gestanden hatte. Bis auf ein paar Menschen, die die Wiese nun über diesen Weg verließen, um zu ihren Autos zu kommen, war dort aber niemand zu sehen.

Mit herunter geklappter Kinnlade starrte ich noch immer auf die Stelle bis Irina - die sich inzwischen mit einiger Mühe aus meinem Griff befreit hatte - wieder meinen Kopf zu sich drehte und mir gut zuredete.

„Hey. Ganz ruhig. Atme erst einmal tief durch und dann erzähl mir, was los ist!"

Das war leichter gesagt als getan. Meine Hände fingen wieder an zu zittern und ich war einmal mehr kurz davor, die Kontrolle zu verlieren. Irina tat das Einzige, was in dieser Situation richtig war: Sie holte aus und gab mir eine schallende Ohrfeige.

Der stechende Schmerz holte mich wieder in die Realität zurück.

„Danke." Stammelte ich. „Du wirst mich für verrückt halten, aber ich glaube ich habe gerade Thomas gesehen!"

„Was hast du? Wo?"

„Dort drüben unter dem Torbogen!"

Wieder zeigte ich auf die Stelle, an der aber nun niemand mehr war.

„Bist du dir sicher?"

„Ich bin zwar etwas müde, aber so etwas bilde ich mir nicht ein."

Irgendwie bemerkte ich selber wie verzweifelt ich klang.

„Wirklich, du musst mir glauben!" flehte ich sie an.

Zwar nahm sie mich jetzt in den Arm und beteuerte, dass sie mir glaubte, doch ihr Ton ließ mich an der Ehrlichkeit ihrer Worte zweifeln.

Ein Moment peinlichen Schweigens trat ein.

„Wir sollten jetzt nach Hause fahren!" meinte Irina dann. Weil ich gerade keine Lust hatte zu reden erhob ich mich einfach und lief mit ihr zum Auto. Zwar tat ich so, als ob ich den Boden anstarren würde, doch ich ließ meine Augen Hin und Her wandern. Nichts außerhalb der Schatten entging mir und wenn ich den Anschein hatte etwas bewegte sich in ihnen, dann widmete ich ihnen einen Moment ganz besonderer Aufmerksamkeit. Entdecken konnte ich allerdings nichts ungewöhnliches und als wir bei Irinas Auto ankamen, war der Parkplatz beinahe leer. Nur noch drei weitere Autos parkten dort und alle hatten ein Kasseler Kennzeichen.

Während der Fahrt drehte ich mich mehr als zweimal um und schaute, ob einer der Wagen ebenfalls den Parkplatz verließ und uns folgte. Aber keiner von ihnen machte auch nur Anstalten uns zu folgen und als wir um eine Kurve bogen, drehte ich mich wieder um und atmete erleichtert auf.

„Die Sache belastet dich sehr, oder?"

Scheinbar war Irina etwas zerknirscht darüber, dass sie mich nicht ernst nahm, denn sie biss auf ihre Unterlippe und man hörte es auch an ihrem Ton.

Da mein Wagen noch am Restaurant in der Wilhelmshöher Allee stand, war mein Parkplatz in der Tiefgarage unter meinem Haus noch frei. Nachdem Irina hindurch gefahren war, bat ich sie, anzuhalten und zu warten, bis sich das Tor hinter uns geschlossen hatte.

Sie gab meiner Bitte Weiteres nach. Erst als das massive Metalltor mit einem lauten »KLONG« auf den Boden krachte, war ich beruhigt und wir konnten weiterfahren.

Anscheinend war ich in Irinas Augen ein wenig verrückt, aber sie hütete sich diesmal etwas dazu zu sagen.

Meine Wohnung sah aus wie immer und endlich konnte ich mich ein wenig sicher fühlen.

Bevor wir den ersten Film einlegten, drehte sich Irina noch einmal zu mir.

„Du bist der festen Ansicht, dass du ihn gesehen hast?"

„Ja, bin ich!" antwortete ich, nicht mehr ganz so sicher wie vorhin. Es war aber auch sehr unwahrscheinlich, dass Thomas aus dem Gefängnis kam und nichts Besseres zu tun hatte, als zuerst mich aufzusuchen. Woher sollte er wissen, dass ich bei den Wasserspielen war. Irgendwie wäre es viel logischer, wenn er an meiner Praxis auf mich gewartet hätte, denn diese Adresse war - wie gesagt - leicht herauszufinden.

„Dann machen wir gleich morgen früh Folgendes: Wir fahren zur Polizei und fragen, ob das möglich ist. Ich meine, er hat doch ein paar Jahre bekommen und wenn er jetzt auf Bewährung raus ist, dann gibt es doch bestimmt einige Auflagen, die er erfüllen muss. Wahrscheinlich hat er gegen sie verstoßen, wenn er hierher fährt, um dich zu suchen.

Außerdem gibt es ja auch noch die Verfügung!"

Eigentlich keine schlechte Idee, doch ich fragte mich ernsthaft wie die Polizei herausfinden sollte, dass er hier war, sofern er nicht eine dieser Fußfesseln trug, die eben manche bekamen.

Nichts desto trotz war dies logisch gesehen das Einzige und Beste, was wir tun konnten.

Ich nickte zustimmend. Ich war Irina dankbar, dass sie Weiteres so für mich da war. Ihre Freundschaft war wirklich etwas Besonderes und ich wollte sie auch nicht mehr missen.

„Na siehst, du Süße. Und jetzt lass uns was aus dem Abend machen!" grinste Irina und stand auf, um den Film einzulegen. Lächelnd nahm ich zwei Gläser, goss uns Wein ein und schnitt mir ein großes Stück Käse ab.

Am nächsten Morgen erwachte ich frisch, ausgeruht und voller Tatendrang. Scheinbar half Alkohol dabei meine Albträume, zu verhindern. Weil Irina noch nicht wach war, legte ich mich als Erstes in die Badewanne, um mich zu entspannen und mich mental auf den Tag vorzubereiten. Da ich Leon versprochen hatte mich nachmittags mit ihm zu treffen, mussten wir uns ein wenig beeilen. Also nach meinem Bad…

Es konnte ja keiner sagen, ob wir etwas bei der Polizei erreichen würden und wenn, wie lange es dauern würde.

Natürlich war Irina mittlerweile wach, als ich das Bad verließ und saß mit einer Tasse Kaffee auf dem Balkon.

Heute schien die Sonne und wärmte einem mit ihren Strahlen richtig das Gesicht. Das genoss sie in vollen Zügen.

Warum ich gerade heute Morgen Hunger hatte, wusste ich nicht, aber ich ging in die Küche, nahm einen Apfel, wusch ihn kurz unter fließendem Wasser und biss dann herzhaft hinein. Schon war meine Lust wieder dahin. Seit ich in meinem Traum auf diesem Berg gewesen war und Äpfel dort gekostet hatte, ließ mich der Geschmack davon nicht mehr los. Kein Anderer wollte mir mehr schmecken und es war ein wenig so, als hätte ich eine Art Offenbarung gehabt, die ich nun wieder verloren hatte.

Da ich mich weigerte Lebensmittel wegzuschmeißen aß ich ihn trotzdem und gesellte mich dann zu meiner Freundin, um ebenfalls noch etwas von der Sonne zu haben.

„Geht's dir besser?" war ihre erste Frage.

„Ja, ich glaube schon. Wahrscheinlich habe ich gestern ein wenig überreagiert."

Dass Irina jetzt nickte, kränkte mich ein wenig.

„Ich würde aber sagen, wir fahren trotzdem zur Polizei damit du Sicherheit hast und endlich wieder etwas Entspannter bist!"

Damit war es beschlossene Sache. Nachdem wir uns angezogen hatten, machten wir uns auch sofort auf den Weg.

Weil ja nun Sonntag war, konnten wir nicht damit rechnen, überhaupt jemanden anzutreffen, doch wir sollten Glück haben, denn hinter einer schusssicheren Glasscheibe konnte man deutlich einen Mann in Uniform erkennen. Er begrüßte uns sehr freundlich.

„Na, das ist aber mal erfreulich hübscher Besuch so früh am Tag. Was kann ich denn für die Damen tun?"

Nachdem ich ihm meine Lage geschildert hatte, war ihm das Grinsen vergangen.

„Das ist ja wirklich ungeheuerlich. Ich werde mal sehen, dass ich einen Kollegen für Sie finde!"

Ohne auf ein Dankeschön zu warten nahm er den Hörer des Telefons in die Hand und wählte eine kurze Nummer. Es dauerte nicht lang, dann legte er auf und bedeutete uns, durch die Tür zu gehen, die in den Arbeitsbereich des Polizeipräsidiums führte.

Die Polizei hatte ein ähnliches System wie die Psychiatrie, in der ich arbeitete. Man musste ebenfalls durch eine Sicherheitstür, die sich nur auf Knopfdruck des Pförtners öffnen ließ.

Nur war die der Polizei noch etwas besser gesichert und sollte eher Leute mit Waffen davon abhalten hinein- anstatt hinauszukommen.

Der Pförtner kam aus seinem kleinen Raum und meinte, dass uns gleich jemand abholen würde und wir so lange auf einer der Bänke Platz nehmen sollten, dann ging er wieder in sein kleines Reich zurück und vertiefte sich in eine Zeitung.

Wir mussten zum Glück nicht lang warten bis ein junger - ich schätzte, dass er Ende zwanzig war - Polizist mit kurzen blonden Haaren auf uns zu kam, vor uns stehen blieb und dann erst mir und dann Irina die Hand hinstreckte.

Man konnte Irina ansehen, dass sie sofort hin und weg von ihm war.

„Guten Tag. Mein Name ist Jan Hecht. Ich habe gehört, eine von Ihnen hat ein Problem und braucht Hilfe?"

„Ja!" Irina sprang sofort auf und schrie ihn beinahe an. Der Polizist zuckte ein wenig zusammen.

„Meine Freundin hier wird von ihrem Ex-Mann verfolgt."

Scheinbar hatte sie mittlerweile vergessen, dass sie mich gestern Abend noch so angesehen hatte als sei ich verrückt.

Gerade als der Polizist sich an mich wenden wollte, fasste sie ihn am Arm und drehte ihn von mir weg. Sie kam mir vor wie ein durchgedrehter Teenager, der auf einen berühmten Star traf.

Sie ließ es sich nicht nehmen ihm alles über meine Situation zu erzählen. Dabei versuchte sie ihm aber noch nebenbei, so viel wie möglich von sich zu erzählen. Ich lief etwas hinter ihnen her und kam nicht umhin ein wenig zu schmunzeln.

„Also, der Ex-Mann meiner Freundin, dieses brutale Schwein – so etwas könnte mir ja nicht passieren, denn ich bin ja Solo, wissen Sie? – der hat sie damals schwer misshandelt und saß lange Zeit im Knast." Dabei dachte sie nicht daran, seinen Arm los zu lassen.

„Sie können ihr doch bestimmt helfen, oder nicht? –

Sie haben aber große Oberarme. Sie trainieren doch bestimmt, oder?"

Der arme Mann schien so überrumpelt zu sein, dass er gar nicht wusste wie er auf diese Frau, die ihn so offen anhimmelte, reagieren sollte.

Zwar schaute er mich hilfesuchend an, doch ich konnte einfach nicht anders, als ihn seinem Schicksal zu überlassen. Es war einfach zu lustig mit anzusehen.

Wir kamen an einem Schreibtisch, den der Polizist wohl sein Eigen nannte. Er bedeutete uns, auf zwei Stühlen davor Platz zu nehmen, während er sich dahinter setzte.

Jetzt bat er mich, ihm die Geschichte noch einmal ganz in Ruhe zu erzählen, was ich dann auch tat. Während ich redete, sprach er kein Wort und machte sich nebenbei nur Notizen und schrieb meinen Namen und meine Adresse auf.

Als ich dann mit dem Teil endete, in dem ich Thomas gestern Abend im Bergpark gesehen hatte, holte Herr Hecht tief Luft und ließ sie wieder mit aufgepumpten Backen durch seinen Mund entweichen.

„Das ist eine schwierige Situation, in der Sie sich befinden."

Schlauer Mann.

Ich wollte gerne wissen, ob es eine Möglichkeit gab um zu überprüfen, ob er in der Stadt war oder wo er sich generell aufhielt, doch Irina fiel mir wieder ins Wort.

„Können Sie nicht nachschauen, ob er so ein Fußfesselding hat?"

„Natürlich können wir das. Dazu müssen wir aber mit den Kollegen vor Ort Kontakt aufnehmen und das wird nicht vor morgen früh gehen."

Entweder man sah mir meine Verzweiflung an oder es gehörte zu seiner Arbeit, dass er versuchte mir Mut zu machen, indem er sich vorbeugte und mir eine Hand auf die Schulter legte: „Ich verspreche Ihnen, dass wir alles versuchen werden um zu klären, ob ihr Ex-Mann hier war. Und wenn er sich etwas zu Schulden hat kommen lassen, dann wird er wieder in Haft genommen."

Irina schien es gar nicht zu gefallen, dass er sich mehr um mich kümmerte als um sie und deshalb versuchte sie die Aufmerksamkeit wieder auf sich zu lenken.

„Aber, was ist, wenn er plötzlich bei ihr oder mir zuhause auftaucht und uns etwas antut? Können wir Sie dann anrufen, damit Sie uns helfen?"

„Natürlich können Sie das." Stimmte ihr der Mann zu, woraufhin Irina ausgesprochen happy wirkte. Sie rechnete wahrscheinlich damit, dass sie nun die Privatnummer des Polizisten bekommen würde.

„Rufen Sie einfach die Notrufnummer und dann wird innerhalb von wenigen Minuten ein Streifenwagen bei Ihnen sein!"

Das war wie ein Schlag ins Gesicht für meine Freundin. Schmollend schob sie die Unterlippe über die Obere und spielte die »beleidigte Leberwurst«.

„Ich werde den Kollegen gleich eine E-Mail schicken und anfragen, ob sie uns da weiterhelfen können. Es sollte nicht lange dauern, bis sie sich bei mir melden."

Mir war klar, dass das alles war, was der Polizist im Moment für mich tun konnte, doch eigentlich reichte mir das nicht.

Auch Irina hatte wohl noch nicht genug von ihm, denn sie versuchte noch weitere fünf Minuten die Privatnummer von ihm zu bekommen. Schließlich wurde es ihm scheinbar zu bunt.

„Ich muss Sie beide jetzt auffordern zu gehen, denn ich habe noch mehr zu tun!"

Widerwillig fügte sich Irina und lief zur Tür. Bevor ich ihr folgen konnte, hielt mich Herr Hecht am Arm fest.

„Wenn Sie das nächste Mal hierher kommen… Bitte, lassen Sie ihre Freundin nicht mitkommen."

Irina schien das kurze Gespräch nicht bemerkt zu haben und ich hütete mich laut zu lachen – auch wenn es mir schwerfiel.

Netterweise fuhr sie mich noch zu meinem Wagen, den ich ja auch irgendwann mal abholen musste.

„Meinst du, er mag mich?" Es war nicht schwer zu erraten, von wem sie redete aber es schien ihr auch nicht auf eine Antwort anzukommen. „Also, ich habe gleich das Gefühl gehabt, dass es zwischen ihm und mir gefunkt hat!"

Ich verkniff nein verbat mir jeden Kommentar dazu und sagte auch sonst nichts mehr, bis wir an meinem Auto angekommen waren.

Dann bedankte ich mich für alles und meinte, dass ich sie nächste Woche anrufen würde.

Wieder steckte eine obligatorische Visitenkarte, mit dem Angebot, mein Auto zu kaufen an meiner Fensterscheibe. Nachdem Irina weggefahren war, zückte ich mein Handy und rief Leon an.

Er freute sich sehr, meine Stimme zu hören.

Zumindest behauptete er das. Wir wollten einen Spaziergang im Feld machen und ich bot ihm an, dass ich ihn abholen könnte. Er lehnte dankend ab und meinte, dass er eh gerade nicht zuhause wäre. Dann schlug er vor, dass wir uns in einer halben Stunde auf einem Parkplatz am Rand von Kassel treffen sollten.

Natürlich war ich vor ihm da, aber lang musste ich nicht warten, denn auch er kam überpünktlich. Mit einem freundlichen Lächeln und einer festen Umarmung begrüßte er mich.

„Geht's dir wieder gut?" scheinbar wollte er sich aber auch noch selber davon überzeugen, denn er musterte mich lang und eingehend.

Als wollte ich es ihm beweisen drehte ich mich einmal im Kreis, damit er mich von allen Seiten sehen konnte. „Wie sieht es denn aus?"

„Verdammt gut!" rutschte es ihm heraus, was ihm sichtlich peinlich war. Seine Augen staunten Bauklötze über seinen Mut.

„Wollen wir los?" fragte ich ihn und zog ihn einfach am Arm mit.

Wir redeten eine ganze Weile nicht, bis ich es nicht mehr aushielt.

„Ich glaube, ich habe Thomas gestern im Park gesehen."

„Was... Wie... Wirklich?"

„Naja." Und wieder erzählte ich die Geschichte.

Leon versprach mir daraufhin gleich nachher einen seiner Freunde anzurufen, der zufälligerweise im gleichen Haus wohnte wie Leons und Thomas Eltern, bei denen ja Thomas jetzt angeblich war. Dann setzten wir unseren Spaziergang fort und Leon tat das Gleiche, was auch schon Irina versucht hatte. Er versuchte, mich abzulenken. Nur, damit hatte er mehr Erfolg als meine Freundin. Irgendwie bereute ich es, dass ich nicht doch ihn gebeten hatte bei mir zu bleiben, aber wer wusste, ob das nicht zu etwas geführt hätte, was wir später bereut hätten.

Als wir bei den Autos ankamen, dämmerte es bereits. Ich musste morgens wieder früh aus dem Bett, da ich um acht Uhr meinen ersten Patienten hatte und deshalb war unsere Verabschiedung kurz. An diesem Abend ging ich das erste Mal seit knapp einer Woche halbwegs glücklich ins Bett und schlief auch schnell ein. Diesmal ohne Albträume.

5.

*W*enn man mit dem Job, den man ausübt nicht zufrieden ist, dann können Montage die echte Hölle sein.

Zwar fand ich es immer noch spannend, als Psychiaterin zu arbeiten, aber nach dem Wochenende, das ich hinter mir hatte, war meine Motivation gleich Null.

Kritisch beäugte ich mich und mein äußeres im Badezimmerspiegel. Die großen Ringe unter meinen Augen ließen sich nicht verleugnen und so versuchte ich sie, mit Schminke zu verdecken.

Meiner Meinung nach war der Erfolg aber eher mäßig.

So gab ich es schließlich auf und machte mir stattdessen lieber einen Kaffee.

Danach lief es so ab wie an fast jedem Arbeitstag. Ich fuhr zu dem Haus, in dem meine Praxis war und parkte das Auto auf dem Hinterhof. Dann lief ich die zwei Stockwerke hinauf und schloss die Tür auf, die in den Vorraum meiner Praxis führte. Normalerweise legte ich dann meine Aktentasche hinter den Tresen, um mir den zweiten Kaffee des Tages einzuverleiben. Heute jedoch traf mich der Schlag. Die Tür ließ sich nicht ganz öffnen, denn ein Stapel Akten verhinderte das. Der gesamte Fußboden war mit dem Inhalt meiner Schränke bedeckt. Einzelne Blätter flatterten umher denn das Fenster stand ebenfalls sperrangelweit offen. Ein Blick auf die Uhr sagte mir, dass ich noch etwa eine halbe Stunde Zeit hatte, bevor mein erster Patient kam.

„Oh mein Gott! Was ist denn hier passiert?" meine Sprechstundenhilfe Frau Weisz war gekommen.

Sie war eine Rentnerin, die sich bei mir ihre klägliche Rente aufbesserte. Irgendwie hatte sie etwas von Miss Marple, dieser alten Frau, die früher im Fernsehen auf so genial pfiffige Art und Weise Morde und Entführungen gelöst hatte.

„Ich weiß es nicht. Es sieht so aus, als wäre eingebrochen worden." antwortete ich.

Frau Weisz dachte nicht lang nach, sondern eilte zu ihrem Arbeitsplatz und nahm den Hörer des Telefons in die Hand.

„Was haben Sie vor?"

„Na, was wohl? Ich werde die Polizei verständigen!"

Darauf war ich gar nicht gekommen! Mir war jedoch klar, dass sie das Richtige tat. Wenn etwas weggekommen war – und davon konnte man ja durchaus bei einem Einbruch ausgehen – musste man Anzeige erstatten, sonst würde die Versicherung nichts erstatten.

Zu allem Überfluss stand dann auch noch mein erster Patient in der Tür. Ausgerechnet heute musste jemand überpünktlich sein. Er schien sehr irritiert darüber zu sein, dass ich auf dem Boden herumkrabbelte und Papier aufsammelte.

Ich ging aber nicht weiter darauf ein, sondern bat ihn in mein Behandlungszimmer und trug, bevor ich ihm folgte, Frau Weisz auf, meine restlichen Termine für heute abzusagen. Mir fiel es sehr schwer mich auf das Gespräch und meinen Patienten zu konzentrieren, doch irgendwie schaffte ich es die Zeit zu überstehen und gerade als er die Tür öffnete um die Praxis zu verlassen, hob auf der anderen Seite ein Polizist die Hand, um zu klopfen.

Es war kaum zu glauben, dass es beinahe anderthalb Stunden gedauert hatte, bis die Polizei bei mir war. Das stimmte mich recht zuversichtlich, dass ich im Falle eines wirklichen Verbrechens auf mich allein gestellt war.

Der Mann gab mir die Hand und stellte sich als Rainer Engel vor. Er entschuldigte sich dafür, dass es so lange gedauert hatte und fing dann gleich damit an, mir Fragen zu stellen.

Ob ich Feinde in meinem Bekannten- oder Verwandtenkreis hätte, konnte es sein, dass einer meiner Patienten etwas gegen mich hatte... und so weiter.

Leider konnte ich alle diese Fragen nur verneinen und der Einzige, der mir einfiel, war Thomas. Natürlich sagte ich Herr Engel auch, dass ich bereits am Wochenende wegen eines Verdachts bei der Polizei gewesen war und mir versprochen wurde, es würden Nachforschungen angestellt.

Herr Engel erkundigte sich, ob ich noch den Namen des Polizisten wusste, mit dem ich geredet hatte. Die Visitenkarte des Mannes hatte ich glücklicherweise noch in der Geldbörse und so überreichte ich sie ihm auch gleich. Er warf einen Blick darauf, nickte als würde er den Mann kennen und bat mich dann, allein mit Frau Weisz reden zu dürfen. Zwar sagte ich ihm, ich würde niemals meine Sprechstundenhilfe verdächtigen, weil sie einfach nicht der Typ war, doch er war der Ansicht, es könne auch durchaus sein, dass jemand ihr Böses wollte.

Es war einfach die Art wie die Polizei vorging und deshalb musste er es machen.

Da ich ja nun quasi entlassen war, und meine Termine für diesen Tag auch alle abgesagt waren, konnte ich mir nun überlegen was ich mit meiner unverhofften Freizeit anfangen wollte.

Einfach nur zu Hause herumsitzen kam nicht in Frage, da hätte ich mir dann nur wieder zu viele Gedanken gemacht. Leon und Irina mussten beide arbeiten, auf deren Gesellschaft konnte ich also auch nicht bauen. Langsam verdeckten auch dunkle Wolken den Himmel und der Wind nahm auch stetig an Stärke zu. Damit fiel Spazierengehen oder der Besuch meiner Bank im Bergpark auch flach.

Plötzlich fiel mir ein, ich hatte ja meiner Patientin Eva versprochen, ihr irgendwie zu helfen. Natürlich hätte ich mich sofort auf den Weg machen können, da Frau Weisz ebenfalls einen Schlüssel zur Praxis hatte und sie, nachdem sie mit der Befragung an Ende war, genausogut die Praxis abschließen konnte. Bei einem Blick in den Empfangsraum traf mich dann innerlich wieder der Schlag denn das Chaos war noch immer überwältigend. Also begann ich, auf dem Boden herumzukriechen und die losen Blätter in die Akten einzusortieren. Das Gespräch, das Frau Weisz mit dem Polizisten führte, dauerte sehr viel länger als das, welches ich geführt hatte. Als sie endlich aus dem Raum traten, war die Praxis schon fast wieder auf Vordermann gebracht.

Herr Engel verabschiedete sich von uns und meinte dann, er würde sich mit seinem Kollegen Herrn Hecht absprechen und sich dann sehr bald melden. Wahrscheinlich noch am gleichen Tag.

Dann verließ er die Praxis und Frau Weisz begann, mir zu helfen. So brauchten wir nicht länger als ein paar Minuten bis wir die restlichen Akten wieder sortiert und in die Schränke zurück geräumt hatten.

Ich sagte ihr, dass sie jetzt nach Hause fahren und den Rest des Tages freinehmen könnte, doch darauf schüttelte sie nur den Kopf.

„Ich wollte hier schon lange Mal so richtig sauber machen. Das ist ja jetzt die Gelegenheit dazu! Außerdem werde ich ja dafür bezahlt."

Ich war ihr so dankbar, dass sie es immer schaffte, an jeder Situation etwas Gutes zu sehen und damit auch mich etwas zuversichtlicher zu stimmen.

„Was würde ich nur ohne sie machen?" meinte ich und schenkte ihr ein dankbares Lächeln. Ich hoffte jedenfalls das es als solches zu verstehen war.

Doch sie winkte einfach ab. „Genießen Sie ihren freien Tag!"

Das hätte ich gerne getan, doch ich hatte ja noch etwas zu tun und deshalb nahm ich jetzt meine Handtasche und winkte ihr zum Abschied noch einmal kurz zu.

Während ich zu meinem Auto lief überlegte ich, wo ich nun am besten anfangen sollte zu suchen. Zuerst wollte ich in die Bibliothek fahren, denn dort konnte ich leicht über das Internet in alte Zeitungsberichte einsehen. Wenn Eva damals wirklich verschwunden war, dann gab es bestimmt irgendeine Zeitung, die darüber berichtet hatte oder eine Aufforderung der Polizei an die Menschen, die Augen offen zu halten. Um diese Zeit durfte in der Bibliothek eigentlich noch nicht so viel dort los sein. Die Studenten lagen meist entweder noch im Bett oder saßen in einer Vorlesung.

Meinen Wagen parkte ich direkt im Parkhaus des Rathauses und bevor ich die Bibliothek aufsuchte, holte ich mir noch ein Kaffee bei einem nahen Bäcker. Zwar wusste ich schon, dass man nichts direkt an den Computern trinken durfte und ein großes Hinweisschild am Eingang der Bibliothek wies mich auch noch einmal darauf hin, doch die Dame am Empfang schien es für ihre Pflicht zu halten, mich auf jedem meiner Schritte zu beobachten und kurz bevor ich hinter einem Regal verschwand zu rufen: „Sie dürfen aber nicht essen und trinken an den Geräten!"

Ich konnte einfach nicht widerstehen und deshalb blieb ich stehen, lehnte mich zurück, sodass nur mein Oberkörper hinter dem Regal hervor schaute und sagte: „Ich danke Ihnen für den Hinweis." Dann tat ich so als würde ich einen Schluck aus dem Becher nehmen. Eigentlich war er schon leer, doch ich wollte damit auch nur die Frau ärgern. Meine Aktion verfehlte ihre Wirkung nicht. Heftig schnappte sie nach Luft und hielt sich an der Tischplatte fest so, als hätte sie gerade einen Herzinfarkt erlitten. Warum ich das tat und mich nicht verhielt wie es sich der Gesellschaft zufolge für eine Frau meines Alters gehörte? Keine Ahnung. Vielleicht musste ich Dampf ablassen. Vielleicht sollte ich nachher mal wieder in mein Gym fahren und dort etwas trainieren.

Zufrieden steuerte ich den ersten freien Tisch an, den ich sah und ließ auf dem Weg dorthin meinen leeren Becher klangvoll in einen Abfalleimer fallen.

Das Betriebssystem, welches auf dem Rechner installiert war, war schon sehr alt und deshalb brauchte er seine Zeit um hochzufahren.

Ich klickte den Button für das Internet an und wartete einen Moment bis der helle Bildschirm vor mir erschien.

Dann gab ich einfach Evas ganzen Namen ein und hoffte darauf, dass ich so Glück hatte.

Die ersten paar Ergebnisse, die mir angezeigt wurden, brachten jedoch nicht das gehoffte Ergebnis. Erst als ich auf der zweiten Seite nachschaute, wurde ich fündig. Immerhin.

Es war wirklich eine lokale Zeitung, die über den Tod einer jungen Frau namens Eva Liebermann berichtete. Also war sie doch tot! Das hieß, die Frau in der Psychiatrie konnte unmöglich diese Eva sein!

Nichtsdestotrotz forschte ich weiter und fand dann durch Zufall den Namen ihres Mannes heraus. Das traf sich gut, denn wenn jemand Eva Liebermann wieder erkannte, dann ja wohl ihr Ehemann. Zwar war es eine Zeitung, die über den regionalen Kreis um Homberg an der Ohm berichtete, doch etwas später stieß ich auf die aktuelle Adresse ihres Mannes und stellte erfreut fest, dass er mittlerweile nach Homberg an der Efze umgezogen war.

Das passte mir persönlich ganz gut. Da ich vorhatte, den Mann persönlich zu besuchen, musste ich so keine Weltreise unternehmen.

Für den Anfang reichten mir diese Recherchen und ich wollte gerade aufbrechen, als die Ruhe im Saal vom

Klingeln meines Handys durchschnitten wurde. Natürlich drehten sich alle zu mir um und sahen mich entsetzt an. Ich war das ja nun wirklich mittlerweile gewohnt. Also nahm ich das Handy einfach ganz gelassen aus meiner Tasche und nachdem ich mit einem kurzen Blick auf das Display festgestellt hatte, dass ich die Nummer nicht kannte, nahm ich ab und meldete mich mit meinem Nachnamen.

„Dankrun." Ja auf den Nachnamen bin ich nicht sonderlich stolz und verschweige ihn, wo ich kann. Selbst Thomas hat ihn erst nach gut einem halben Jahr zu hören bekommen.

„Guten Tag. Mein Name ist Jan Hecht. Ich bin von der Polizei. Spreche ich mit Anne Dankrun?"

Natürlich erkannte ich ihn. Auch ohne, dass er seinen Namen gesagt hätte, hätte ich ihn erkannt. In seiner Stimme schwang einfach etwas Fröhliches, Freches mit.

Wahrscheinlich war sein Erfolg bei Frauen – wenn er ihn denn haben wollte – recht hoch.

„Ach, guten Tag, Herr Hecht. Ja, sicher bin ich es persönlich. Haben Sie gute Nachrichten für mich?"

„Deshalb rufe ich an. Ich habe Neuigkeiten und möchte **Sie** bitten auf das Revier zu kommen."

Er betonte das »Sie« so, dass ich genau verstand, was er meinte. Kommen Sie bitte allein oder zumindest nicht in der Begleitung ihrer Freundin.

Ich sagte ihm, dass ich in ungefähr einer halben Stunde bei ihnen sein könnte und er meinte das würde wunderbar passen.

Die Bibliothekarin stand vor mir und taxierte mich mit ihren Blicken. Ihr Gesicht war rot angelaufen. Sie hatte Schnappatmung. Noch bevor sie etwas sagen konnte, ergriff ich die Flucht. Jetzt hoffte ich nur, dass ich nie wieder die Bibliothek aufsuchen musste, denn eine neuerliche

Begegnung mit ihr würde ich wahrscheinlich nicht überleben. Oder sie…

Da mein Parkticket für den Rest des Tages gültig war beschloss ich, die paar Meter zum Polizeipräsidium zu Fuß zu gehen.

Dies stellte sich als kluge Entscheidung heraus. Es gab vor und um das Gebäude, indem die Polizei untergebracht war, keinen einzigen freien Parkplatz mehr.

Der Pförtner erkannte mich sofort wieder und wartet nicht einmal darauf, dass ich mich anmelden kam, sondern winkte mich gleich durch die zweite Tür. Dort traf ich zufällig auf den Polizisten, der morgens bei mir in der Praxis gewesen war. Wobei »traf« noch leicht untertrieben war, denn wir stießen im wahrsten Sinne gegeneinander. Da Herr Engel ein bisschen größer und schwerer als ich selber war, fiel ich zu Boden. Er wollte mich zwar noch auffangen, schaffte es jedoch nicht mehr rechtzeitig.

Ich fing mich aber sehr gut ab, denn schließlich war das Fallen etwas, das ich zuerst beim Kampfsport gelernt hatte und in jeder Stunde wiederholen musste.

Herr Engel half mir staunend wieder auf die Beine.

„Das war wirklich gut, wie sie sich abgefangen haben!"

„Dem kann ich nur zustimmen!" meinte jemand hinter mir. Es war Herr Hecht, der jetzt auf uns zukam. „Du passt mal besser demnächst auf wohin du läufst Rainer, du Chaot!", meinte er zu seinem Kollegen. Dabei grinste er frech. Er sah schon ziemlich gut aus.

Mit schuldbewusster Miene entschuldigte sich der Polizist und meinte dann, er hätte noch viel zu tun und müsse sich jetzt verabschieden.

„Alles Weitere wird mein Kollege mit ihnen besprechen. Wir ermitteln weiterhin wegen des Einbruchs in Ihrer Praxis." rief er noch und verschwand im Fahrstuhl, die Türen schlossen sich sofort.

Vermutlich hatte er auf den Knopf gedrückt, der dafür gedacht war, dass sie sich gleich schlossen. Eigentlich eine der besten Erfindungen wie ich fand. Bei manchen Aufzügen musste man gefühlte Stunden warten, bis deren Türen sich schlossen.

„Geht es Ihnen gut?" fragte Herr Hecht. Dabei musterte er mich etwas besorgt.

Ich nickte nur und rieb mir unauffällig meinen rechten Ellenbogen. Trotz meiner guten Abfangtechnik ließen sich manchmal leichte Blessuren nicht vermeiden. Er führte mich in das kleine Büro indem ich schon bei meinem letzten Besuch mit Irina war. Die Akten auf dem Schreibtisch stapelten sich noch höher als beim letzten Mal.

Es lag jedoch kein Staub auf ihnen. Deshalb mussten es neue sein oder Herr Hecht staubte sie wenigstens regelmäßig ab… und welcher Mann würde das schon tun?

Herr Hecht ließ sich wieder hinter dem Schreibtisch nieder. Sein Blick schweifte kurz über die Akten. Ein leicht genervter Ausdruck trat für kurze Zeit auf sein Gesicht, verschwand dann aber schnell, wieder als er sich mir zuwandt.

„Wollen Sie auch einen Kaffee trinken?" fragte er mich höflich.

Dafür hatte ich keine Zeit. Ich wollte einfach nur hören, dass Thomas wieder verhaftet worden war und dann nach Homberg fahren, um dem Ehemann von Eva Liebermann ein paar Fragen zu stellen.

Leider verlief das Gespräch nicht ganz so, wie ich es mir vorstellte.

„Nein, danke. Ich bin ganz zufrieden. Haben Sie meinen Ex-Mann wieder weg gesperrt?"

„Das konnten wir leider nicht." gab Herr Hecht mit bedauern zu.

„Ihr Ex-Mann Thomas ist zwar wieder auf freiem Fuß, kann aber niemals in der Stadt gewesen sein. Er ist nur unter der Bedingung auf Bewährung frei gekommen, dass er sich so eine elektronische Fußfessel verpassen lässt. Auf meine Anfrage haben die Kollegen die Daten der letzten zwei Tage eingesehen und laut denen ist er immer bei seinen Eltern zu Hause gewesen.“

„Was heißt denn »der letzten zwei Tage«? Wie lange ist er denn schon auf freiem Fuß?“

„Nach unseren Informationen ist er etwas vor zwei Wochen frei gekommen. Seitdem wohnt er bei seinen Eltern und trägt auch diese Fußfesseln… Tag und Nacht!“

Fügte er hinzu als ich gerade fragen wollte, ob er sie rund um die Uhr trug.

„Und man kann sich auch nicht selbstständig daraus befreien?“

Herr Hecht schüttelte den Kopf. „Nein. Das ist eigentlich unmöglich. Sie ist so konstruiert, dass sie dann sofort einen Alarm an die Zentrale schickt. Man hat sie ja auch extra so gebaut, dass sie ohne Probleme mit Wasser in Berührung kommen kann.“

„Das heißt also, dass niemand mit normalem Werkzeug sie knacken kann?“

Der Polizist verzog langsam die Miene. Er kam sich wahrscheinlich vor wie in einem Verhör und das, obwohl er der Gesetzeshüter war.

„Nein, Frau Dankrun. Sofern er nicht die Hochschule besucht und einen Master in Feinmechatronik – oder wie man das nennt – hat, wird er das nicht schaffen!“

Ich war nur ein wenig beruhigt. Auch solche Leute sollte es geben und wer sagte denn, dass Thomas nicht so jemanden kannte.

„Die Chancen stehen also schlecht, dass er hier in Kassel war, ja?“

„Ja."

„Aber es ist nicht völlig unmöglich?"

„Nein, ist es nicht. Ich denke die Chancen stehen fünfundneunzig zu fünf, dass er nicht hier war."

Reichten mir fünf Prozent, um in Panik zu verfallen? Wahrscheinlich schon. Der Besuch bei der Polizei hatte mich nicht wirklich weiter gebracht.

Seufzend erhob ich mich und dankte Herrn Hecht für seine Mühen.

„Wenn es sie ein bisschen beruhigt, die Kollegen werden jetzt ein besonderes Auge auf ihren Ex-Mann werfen!"

Es beruhigte mich nicht.

Während ich auf die Autobahn in Richtung Süden fuhr, ließ ich mir das Gespräch noch einmal durch den Kopf gehen. Plötzlich musste ich laut lachen. Wie naiv waren diese Polizisten eigentlich? Es konnte doch nicht sein, dass solche Leute uns beschützen sollten.

Wo sollte das nur hinführen?

Vor mir überholte gerade ein Lkw einen anderen.

Deshalb wollte ich nach links auf die Überholspur ziehen, um an ihnen vorbei zu fahren. Ich hatte es auch schon fast geschafft, als ein silberner Mercedes heran schoss und mir mit seinem Fernlicht zu verstehen gab, dass er es furchtbar eilig hatte und dass dies hier seine Spur war.

Solche Leute konnte ich auf den Tod nicht ausstehen. Ich fuhr langsamer, weshalb der Wagen hinter mir auch bremsen musste. Als ich dann vor dem Lkw wieder einscherte, fuhr der Mercedes mit lautem Hupen an mir vorbei. Ich quittierte das mit erhobenem Mittelfinger. Sollte er mich doch wegen Beleidigung anzeigen- das war es mir wirklich wert!

Gerade als ich in Homberg ankam, brach ein Unwetter los. Blitze zuckten über den Himmel und bei jedem Donner vibrierte der Boden. Der Regen fiel so dicht, dass die Autos nur noch im Schritttempo fahren konnten.

Das Fahren war nun nicht mehr wirklich angenehm.

Ich musste mich auch noch zusätzlich auf das Navigationsgerät konzentrieren, das mir sagte, wo ich entlangfahren musste. Ich war sehr erleichtert als ich den Wagen abstellen und den Motor ausmachen konnte. Die Straße, in der ich geparkt hatte, war sehr abschüssig und das Wasser floss in einem breiten Bach hinunter. Ein paar der Häuser waren ziemlich verfallen. Das Haus, das ich nun aufsuchte, war jedoch in einem sehr guten Zustand.

Bevor ich die drei Stufen emporstieg und an der Tür klingelte überlegte ich mir, wie ich das Gespräch beginnen sollte. Vielleicht hätte ich vorher anrufen sollen, um mich anzukündigen?

Was, wenn niemand zu Hause war?

Aber, wenn, ja. Was sollte ich sagen, wenn mir die Tür geöffnet wurde?

»Hallo, ich bin Anne Dankrun. Ich glaube, ich habe ihre Frau gefunden!«

Wenn mich der Mann ernst nahm, würde ihn diese Nachricht vermutlich umhauen und wenn nicht, dann würde er mich vermutlich einweisen lassen.

Die Klingel war sehr dumpf und laut. Ähnlich, wie eine dieser alten Standuhren.

Im Haus regte sich nichts und auch, nachdem ich zwei weitere Male geklingelt hatte, passierte nichts. Deshalb blieb mir nichts anderes übrig als mich in mein Auto zu setzen und darauf zu warten, dass der Hausbesitzer wieder zurückkam.

Da ich davon ausgegangen war, mir würde jemand öffnen, hatte ich meinen Regenschirm im Auto gelassen.

Nun waren meine Kleider pitschnass und meine Schuhe voller Wasser.

Ich stellte den Motor an und drehte die Heizung auf.

Es war ziemlich unangenehm, sich anzulehnen, weil mir alles am Körper klebte. Lange musste ich allerdings nicht warten, denn bald sah ich zwei Personen, die die Straße hinab liefen. Man konnte nicht wirklich erkennen, wer sie waren. Sie waren wegen des Wetters vermummt, aber der Statur nach zu urteilen, handelte es sich um einen Mann und eine Frau.

Weil ich so eine Ahnung hatte, zog ich schnell wieder meine Schuhe an und schnappte mir den Regenschirm aus dem Handschuhfach. Dann eilte ich zu den Beiden, die gerade im Begriff waren, die Tür hinter sich zu schließen. Ich erreichte sie leider nicht mehr rechtzeitig.

Also drückte ich wieder auf die Klingel. Ein Mann, der wahrscheinlich etwas älter war als ich, öffnete die Tür ruckartig. Seine Kopf- und Barthaare begannen schon, grau zu werden. Er war recht füllig, aber nicht fett und in seinen Augen, mit denen er mich jetzt musterte, lag etwas Wildes.

„Ja, bitte?"

„Äh… ja guten Tag Herr Liebermann? Könnte ich Sie einen Moment sprechen?"

Noch bevor er darauf etwas erwidern konnte, tauchte eine Frau hinter ihm auf. Sie war eindeutig jünger als wir beide und wahrscheinlich hätte ich sie für seine Tochter gehalten, wenn sie ihn nicht gefragt hätte: „Wer ist denn da, Schatz?"

„Ich weiß es nicht. Was wollen Sie?"

Freundlich…

„Also, mein Name ist Anne Dankrun. Ich bin Psychiaterin in Kassel und muss dringend mit Ihnen sprechen. Wenn es geht, unter vier Augen."

Als ich merkte, dass er noch immer zögerte – was ich durchaus verstehen konnte, doch ich wollte aus dem Regen heraus – fügte ich hinzu: „Es ist wirklich sehr, sehr wichtig!"

Der Mann war wohl noch immer etwas misstrauisch, doch er trat zur Seite und ließ mich eintreten.

Seine Lebensgefährtin oder Frau oder was auch immer schaute mich erstaunt an.

„Schatz, ich habe gedacht, wir wollten uns in die Badewanne setzen…" sie schien ziemlich enttäuscht zu sein.

„Das machen wir auch gleich. Diese Frau hier ist Ärztin und möchte kurz mit mir reden. Geh du doch schon mal vor, ich komme in ein paar Minuten nach!"

Sie nickte und verschwand einfach, ohne noch etwas zu sagen. Wieder einmal stellte ich fest, viele Menschen hatten einfach kein Benehmen mehr.

Herr Liebermann bat mich durch eine Tür, hinter der sich die Küche befand. Er setzte sich an den Tisch und bot mir den Platz sich gegenüber an. Während ich mir noch einmal schnell die Worte zurechtlegte, zündete er sich eine Zigarette an.

„Bitte, entschuldigen Sie das Verhalten meiner Freundin. Sie ist noch jung und weiß manchmal nicht, wie man sich benehmen muss. Was kann ich für sie tun, Frau Doktor?"

Zwar fand ich nicht, gutes Benehmen ist eine Frage des Alters, sondern der Erziehung, aber ich wollte jetzt nicht weiter darauf eingehen.

„Ich weiß nicht ganz, wie ich anfangen soll." gestand ich ihm ganz offen.

Er lächelte. „Einfach frei heraus!"

„Nun gut. Ich habe Kurzem eine Patientin, die vor ein paar Tagen in die Psychiatrie eingeliefert wurde. Man hat sie im Bergpark gefunden… Sie wissen, was der Bergpark ist?"

„Ich war schon ein paar Mal in Kassel." meinte er lächelnd. „Ein wenig kenn ich mich schon aus!"

„Gut. Also diese Frau war mit nichts Anderem bekleidet als einem langen Sommerkleid und faselte etwas davon, dass sie nach Hause wolle."

Soweit so gut. Jetzt musste ich ihm nur noch den wichtigsten Teil verklickern.

„Das hört sich alles recht spannend an, aber warum erzählen Sie mir das?"

„Die Frau meint, sie heißt Eva!"

Irgendwie hielt ich die direkte Art für die Beste.

Erst reagierte er gar nicht darauf, doch dann starrte er mich entsetzt an.

„Wiederholen Sie das bitte?!"

„Das hat sie uns gesagt. Ihr Name sei Eva Liebermann."

Herr Liebermann stand auf und lief im Raum Auf und Ab. Er hielt sich mit der Hand die Stirn und verzog das Gesicht, als hätte er starke Kopfschmerzen.

„Das kann doch nicht sein." meinte er.

„Herr Liebermann, können Sie sich noch daran erinnern, was damals geschehen ist?"

„Ja, sicher. Als wäre es gestern gewesen."

Und dann erzählte er mir genau die gleiche Geschichte, die ich schon von der Frau in der Psychiatrie gehört hatte.

Sie waren damals in England, im Urlaub, mit dem Boot hinaus gefahren und dann war Nebel aufgezogen und seitdem hatte er sie nicht mehr gesehen.

Er schien innerlich sehr aufgewühlt zu sein und das machte mir meine nächste Frage nicht gerade einfacher.

„Wären Sie denn bereit in die Psychiatrie zu kommen und diese Frau zu sehen? Ich und auch andere müssen wissen, ob sie wirklich die ist für die sie sich ausgibt."

Verwirrt sah er mich an. „Wie soll ich das denn machen? Ich habe sie seit bestimmt siebzehn Jahren nicht mehr gesehen."

„Nun ja, sie sieht aus wie dreißig…"

Das war wohl zu viel, denn er begann, laut zu lachen. Verwundert war ich darüber nicht, es klang auch sehr unglaubwürdig.

Dann wurde er aber plötzlich ernst. „Ich will Ihnen etwas sagen: Mein Leben war schrecklich, nachdem sie weg war. Ich bin ein Jahr nicht wirklich vor die Tür gegangen und noch länger habe ich nicht mit Frauen gesprochen, jetzt habe ich endlich wieder eine Frau gefunden, in die ich mich verliebt habe und mit der ich glücklich sein kann. Jetzt kommen Sie hierher und erzählen mir, meine Ehefrau ist wieder aufgetaucht und um keinen Tag gealtert? Ich weiß dass dies keine Absicht von Ihnen ist aber… Bitte verlassen Sie mein Haus!"

Es war klar, dass er jetzt nicht mehr mit sich reden ließ. Deshalb stand ich auf und ging vor ihm zur Tür. Bevor er sie allerdings schließen konnte, drehte ich mich noch einmal um und gab ihm meine Visitenkarte, auf der ebenfalls die Adresse der Psychiatrie stand. „Wenn sie es sich anders überlegen, können sie morgen früh gerne zur Psychiatrie kommen. Ich werde ab acht Uhr dort sein."

Ohne noch etwas zu sagen, schloss er die Tür und ließ mich in wahrsten Sinn im Regen stehen. Innerlich hoffte ich sehr, dass er kommen würde, denn eigentlich war er meine größte Hoffnung. Wenn ich keine Bilder mehr von Eva Liebermann fand, dann war er der Einzige, der sie identifizieren konnte.

Jetzt blieb mir aber nichts Anderes übrig als in meinen Wagen zu steigen und nach Hause zu fahren.

6.

Am nächsten Morgen traf Herr Liebermann natürlich nicht an der Psychiatrie an. Den Rest der Woche schaute ich dort jeden Morgen kurz vorbei, um zu sehen, ob er vielleicht doch gekommen war. Ohne Erfolg.

Da ich selber ja nur an zwei Tagen in der Woche dort arbeiten musste, vermied ich es, hinein zu gehen. Nicht, dass ich etwas gegen Maik hatte, aber wenn er einmal anfing zu reden, dann hörte er so schnell nicht mehr auf und ich hatte schließlich Patienten, die in meiner Praxis auf mich warteten. Auch meine Albträume wurden besser und mein Verfolgungswahn hörte langsam auf.

So langsam kehrte wieder so etwas wie Normalität in meinem Leben ein. Jedenfalls bis ich dann eine Woche später zur Psychiatrie fuhr und dort, vor dem Haupteingang, Herr Liebermann auf mich wartete.

Als ich auf ihn zuging fand ich, dass er irgendwie älter wirkte. Seine Begrüßung war recht verhalten.

Wahrscheinlich nahm ihn die ganze Sache ziemlich mit.

Wir wechselten kaum ein Wort bis wir in der Psychiatrie waren. Ich erklärte Maik kurz wer mein Gast war und was es mit dem Besuch auf sich hatte. Der staunte nicht schlecht, über das, was er da hörte.

„Na, dann bin ich ja mal gespannt! Ich hoffe, dass sie nicht allzu traumatisiert ist. Eigentlich ist sie eine echt liebe Frau!"

Woher Maik das wusste, war mir schleierhaft, doch im Moment hatte ich keine Zeit dafür, weil ich einfach viel zu gespannt auf das Folgende war.

Wir liefen den Gang entlang in Richtung des Zimmers, in dem Eva »untergebracht« war. Wobei die Bezeichnung

»Zimmer« für die Zelle, in der sie sich befand, reichlich übertrieben war.

Herr Liebermann wurde zunehmend nervöser, je länger der Weg dauerte und je näher wir unserem Ziel kamen. Ich hatte schon Angst, er würde vielleicht umdrehen und die Flucht ergreifen, doch er hielt durch.

Er hielt sich immer einen Meter hinter mir und als wir die Tür erreichten und ich mich zu ihm umdrehte, hatte sein Gesicht eine aschfahle Farbe angenommen.

Mittlerweile konnte man ohne Begleitung in das Zimmer gehen, weil die Leitung die Frau als unbedenklich eingestuft hatte.

„Ist alles okay? Wollen Sie es wirklich noch tun?" fragte ich besorgt, doch er winkte ab.

„Jetzt bin ich schon mal hier, dann lassen Sie es uns auch durchziehen!"

Ein wenig beeindruckt war ich schon von seinem Mut und nachdem ich noch einmal tief durchgeatmet hatte, öffnete ich die Tür.

Meine Patientin saß an einem Tisch, den man ihr zugestanden hatte und zeichnete mit einem Bleistift auf ein Blatt Papier. Als sie mich sah, stand sie freudig lächelnd auf.

Es war beachtlich, dass sie noch nicht die Nerven verloren hatte, so eingesperrt und nur weiße Wände um einen herum. Zuerst hatte sie den Mann, der mit mir ins Zimmer getreten war, nur aus den Augenwinkeln wahrgenommen, doch jetzt, da sie ihn sich genauer ansah, wurden ihre Augen größer und glasig. Sie schlug eine Hand vor den Mund und im nächsten Moment bekam sie einen heftigen Schluckauf. „Oh, mein Gott!", stieß sie keuchend hervor. Herr Liebermann schien nicht minder geschockt zu sein.

Obwohl ich ihn ja eigentlich etwas darauf vorbereitet hatte, schien die Realität unfassbar zu sein. In diesem

Moment wusste ich, die Frau sagte die Wahrheit! Auch, wenn es unglaublich war! Ich meine, wie realistisch ist es denn, dass eine Frau auf dem Meer in England verschwindet und dann plötzlich knapp siebzehn Jahre später in Kassel wieder auftaucht, ohne einen Tag gealtert zu sein?

Während sich Frau Liebermann so freute, dass sie ihrem Mann um den Hals fiel, war der mit der Situation definitiv völlig überfordert. Er stand wie versteinert und rührte sich gar nicht.

Mir wurde klar, dass er einen Schock erlitten hatte und wahrscheinlich Hilfe brauchen würde.

Schnell lief ich auf den Gang und schaute mich um.

Nicht weit von mir kam gerade ein Pfleger aus einem Zimmer. Ich rief ihn zu mir und genau in dem Moment, als ich mich umdrehte, konnte ich noch sehen wie Herr Liebermann wie ein Sack Kartoffeln zu Boden ging. Es war zuviel für ihn gewesen und ich ärgerte mich einerseits, dass ich das nicht hatte kommen sehen und vorsichtiger gewesen war. Während ich ihn mit dem Pfleger hoch hob und in ein angrenzendes Zimmer brachte, wo wir ihn auf eine Liege legten die eigentlich dafür gedacht war Patienten zu fixieren, wenn sie die Kontrolle verloren, musste ich lächeln und dachte mir dabei: *Ja, ja. Das starke Geschlecht. Von wegen!*

Der Pfleger eilte davon, um einen Arzt und Traubenzucker zu holen, während ich bei Herr Liebermann blieb um darauf zu achten, dass er nicht von der Liege fiel.

Da wir Evas Tür wegen der Hektik, die entstanden war, nicht geschlossen hatten, war sie uns gefolgt und stand nun verunsichert in der Tür. Sie traute sich nicht hinein. Ein bisschen kam sie mir vor, wie ein kleines Kind, dass zwar wusste, es hatte etwas falsch gemacht, sich aber beim besten Willen nicht erklären konnte, was es war.

Als der Pfleger mit dem Arzt zurückkehrte, zog ich mich erst einmal mit Eva zurück und versuchte, sie ein wenig zu beruhigen. Ich konnte ihr klar machen, dass es nicht ihre Schuld war, sondern dass es einfach an der Situation lag.

Dann ging ich wieder nach nebenan, wo Herr Liebermann wieder das Bewusstsein zurückerlangt hatte und die Zimmerdecke anstarrte, während der Arzt seinen Blutdruck maß.

Tränen liefen sein Gesicht hinab und er versucht nicht einmal sie wegzuwischen, als er mich sah. Es war ihm wohl egal, dass ihn jemand so erlebte. Scheinbar war er ein Mann, der sich nicht dafür schämte, was ich irgendwie rührend fand.

„Das ist so unfair!" meinte er. „Ich habe so lange darauf gewartet, dass ich eine Nachricht bekomme, sie sei wieder aufgetaucht und als ich die Hoffnung daran aufgegeben hatte, habe ich darauf gewartet, dass man mir sagt, ihre Leiche sei irgendwo angespült worden. Und jetzt, wo ich gerade wieder anfange ein normales Leben zu führen, da sitzt sie plötzlich vor mir und ist nicht nur quicklebendig, sondern scheinbar auch nicht einen Tag älter als damals, als ich sie zuletzt gesehen habe!"

„Ich kann Ihnen darauf auch keine Antwort geben." erwiderte ich. „So leid es mir auch tut. So etwas ist meines Wissens nach noch nie vorgekommen. Aber ich kann Ihnen versprechen, ich gebe mein Bestes und finde es heraus."

Während er sich mir zuwandt und mir dankbar nickend in die Augen sah, nahm er meine Hand und drückte sie leicht. „Ich wäre Ihnen dafür sehr dankbar!"

Dann fiel ihm ein, dass seine Frau ja noch im Nebenzimmer saß.

„Ich weiß nicht, was ich jetzt machen soll. Wie soll ich auf sie zugehen? Kann ich das überhaupt?"

„Das müssen Sie wissen! Sie sollten aber wissen, dass, egal wofür Sie sich entscheiden, es der richtige Weg für Sie sein wird und niemand wird Ihnen deswegen Vorwürfe machen."

Er biss sich auf die Unterlippe und an seinem Nicken konnt ich erkennen, er hatte für sich schon eine Entscheidung getroffen. Zwar hoffte ich, ich irrte mich vielleicht oder er würde sich doch noch umentscheiden -wie er es schon einmal getan hatte als er sagte, er würde auf keinen Fall zur Psychiatrie kommen- doch diesmal standen die Chancen dafür eher schlecht.

Nun musste ich noch dafür sorgen, dass er sicher nach Hause kam und es Eva erklären.

In dem Zustand, in dem er sich befand, wollte ich ihn kein Auto fahren lassen. So ging ich in den Aufenthaltsraum der Pfleger, wo sich ein Telefon befand und rief bei ihm zu Hause an. Seine Lebensgefährtin nahm beinahe sofort den Anruf entgegen und als ich ihr erklärte, es ginge Herrn Liebermann nicht gut und sie fragte, ob sie ihn abholen könne, fiel sie aus allen Wolken. Er hatte ihr nicht gesagt, wohin er fuhr und was er tun wollte und ich vermied es auch, ihm diese Aufgabe abzunehmen. Ich sagte ihr nur soviel, dass sie merkte wie ernst es war.

Sie versprach, sich sofort auf den Weg zu machen und nachdem ich aufgelegt hatte, lief ich in den Eingangsbereich, um sie bei Maik anzukündigen.

„Na, heute geht es ja drunter und drüber hier." stellte der grinsend fest. „Hatten Sie denn Glück? Ist sie seine Frau?"

Ich nickte und erwartet eigentlich, er wäre erstaunt darüber, doch das schien nicht der Fall zu sein.

Das sagt ich ihm dann auch. „Sie scheinen sich nicht wirklich zu wundern?"

„Naja." lächelte er. „Wunder gibt es eben immer wieder!"

Da ich selber nicht an Wunder glaubte und auch Maik eigentlich nicht für einen solchen Menschen hielt, war ich ein wenig verwundert.

„Ich muss jetzt schnell wieder zurück zu ihm. Können Sie mir Bescheid geben, wenn seine Lebensgefährtin da ist? Wir sind in Gang C."

„Aber natürlich kann ich das!"

„Sie sind ein Schatz!" meinte ich und machte mich auf den Weg.

„Sagen Sie das bitte mal meiner Frau!" rief er hinter mir her, woraufhin ich -trotz der Umstände- lachen musste.

Herr Liebermann hatte sich inzwischen aufgesetzt und der Pfleger stand noch immer neben ihm um ihn aufzufangen, sollte er noch einmal umkippen.

Er verließ zwar den Raum als ich eintrat, blieb aber draußen auf dem Gang stehen, um im Fall der Fälle sofort wieder zur Stelle zu sein.

Es sah so aus, als hätte sich Herr Liebermann ein bisschen beruhigt und schien zu überlegen.

Deshalb ließ ich ihn auch in Ruhe, lehnte mich an die Wand und schwieg ebenfalls.

„Also." Meinte er plötzlich. „Dann sollte ich wohl mit ihr reden!"

Für mich kam dieser Entschluss überraschend, denn eigentlich war ich ja davon ausgegangen, dass ich Eva die Nachricht übermitteln musste. So herum war es mir aber auch lieber und ich hatte großen Respekt vor ihm, dass er den für ihn und Eva schweren Weg gehen wollte.

Mehr als ein Nicken brauchte ich nicht um dem Pfleger zu verstehen zu geben, dass er Eva holen konnte.

Als sie den Raum betrat, hielt sie sich zuerst zurück und wartete, bis er sie zu sich winkte.

Weil ich ihnen ein wenig Privatsphäre lassen wollte, stellte ich mich ebenfalls auf den Flur, sodass ich nicht hören konnte, was sie beredeten. Es reichte aber, es zu sehen.

Eva setzte sich neben ihn auf den Rand der Liege und er nahm ihre Hand.

Dann öffnete sich sein Mund und er begann, zu sprechen.

Zuerst lächelte Eva zaghaft und man sah, wie überglücklich sie war. Während ihr Mann eine Pause machte, strich sie ihm leicht durchs Gesicht und wischte ihm eine Träne weg, die seine Wange hinab lief. Das machte die Sache aber noch schlimmer, denn nun wurden aus der einen Träne viele, wobei er aber nicht aufhörte, zu sprechen.

Tapferer Mann!

Auch Evas Gesichtsausdruck veränderte sich langsam.

Ihr schien zu dämmern, worauf das Gespräch hinauslief. Sie fing ebenfalls an zu schluchzen und irgendwann nahmen sie sich gegenseitig in den Arm, hielten sich einfach fest und weinten zusammen.

Am liebsten hätte ich mitgeheult und ich musste mich sehr zusammenreißen, es nicht zu tun.

Wie es wohl war, wenn man jemanden liebte, ihn dann verlor, Jahre später wiederfand nur um dann festzustellen, dass man ihn wieder verloren hatte? Zudem war es ja so, dass Eva einen Großteil der Zeit, die sie weg gewesen war, vergessen hatte und es ihr wahrscheinlich wie gestern vorkam, als sie von ihm getrennt wurde.

Ich würde ja sagen, zum Glück klingelte plötzlich das Telefon im Gang, wenn es mich nicht dermaßen erschreckt hätte, dass ich heftig zusammenzuckte. Der Pfleger nahm ab und nachdem er kurz gelauscht hatte, hielt er mir wortlos den Hörer hin.

Während ich mir mit dem Handrücken über die Augen wischte, nahm ich den Anruf entgegen. Es war Maik, der mir mitteilte, dass die Lebensgefährtin von Herr Liebermann nun da sei.

„Können Sie Herrn Liebermann nach vorne bringen, wenn sie fertig sind und Eva wieder in ihr Zimmer?" fragte ich den Pfleger.

Der nickte und als ich mich dann fragte, warum er sich so seltsam verhielt, räusperte er sich und meinte mit kratzender Stimme. „Ja, mache ich gern, Frau Dankrun!"

Jetzt leuchtete es mir ein. Es hieß nicht umsonst »Stille Wasser sind tief«.

Schnell eilte ich nach vorn, während ich mich innerlich über das miese Timing ärgerte. Ich musste sie unbedingt noch ein bisschen hinhalten, damit die beiden in dem Zimmer zu Ende reden konnten. Wenn sie es jetzt nicht klärten, dann würden sie es wahrscheinlich niemals mehr und das durfte nicht sein!

Dann fiel mir ein, ich brauchte mich ja auch nicht so zu beeilen. Je später ich bei der Lebensgefährtin von Herr Liebermann war, desto weniger musste ich Zeit schinden.

Also verlangsamte ich mein Schritttempo, sodass ich zumindest schon einmal ein paar Sekunden vielleicht sogar eine Minute gewann. Zwar musste ich jetzt doch die Aufgabe von Herrn Liebermann übernehmen doch in dem Fall war es mir das wert. Ich musste ihr ja nicht alles erzählen.

Die junge Frau, die noch immer im Eingangsbereich stand, weil Maik sie nicht durchließ, schien nervös zu sein.

Das war verständlich, denn sie wusste ja überhaupt nicht, was eigentlich los war. Nun musste ich es ihr so schonend wie möglich beibringen. Ich vermutete, Herr Liebemann würde eine ganze Zeit nicht in der Lage dazu sein und sie hatte definitiv ein Recht darauf zu erfahren, warum er hier war.

Zwar wollte sie wohl durch die Tür kommen und gleich zu ihrem Freund gehen, doch ich nahm sie am Arm und steuerte zielsicher die Glastür an, die nach draußen führte.

„Was ist hier los?" fragte sie und versuchte, sich aus meinem Griff zu befreien. Das schaffte sie allerdings nicht und ich war schon ein wenig stolz, dass mein Kampfsporttraining mir scheinbar etwas gebracht hatte.

„Ich danke Ihnen, dass sie so schnell gekommen sind. Herr Liebermann hat Ihnen nichts erzählt, oder?"

Wir waren auf dem Parkplatz angekommen und ich ließ sie los. Sie massierte mit ihrer Hand die Stelle, an der ich sie festgehalten hatte. Dort konnte man ein wenig den Abdruck meiner Finger sehen.

„Tut mir leid!" meinte ich, weil ich sah, dass ich ihr wirklich weh getan hatte.

„Ja, kein Problem. Ich habe ein Taxi genommen. Er hat mir nichts gesagt, aber er war auch so verschlossen seit Sie bei uns waren, dass ich davon ausgehe, es hat etwas damit zu tun."

Wie ich es vermutet hatte.

„Dann muss ich Ihnen jetzt etwas erzählen, was für sie vielleicht schockierend ist und wahrscheinlich auch völlig verrückt klingt. Sie müssen mir aber glauben, dass alles wahr ist und sie dürfen nicht mit ihrem Freund darüber reden, bis er auf Sie zukommt."

Das schien ihr nicht zu gefallen und sie machte gerade den Mund auf, um zu protestieren. Deshalb fügte ich noch hinzu: „Wenn sie ihn wirklich lieben, tun sie was ich sage, denn sonst könnte es sein, dass ihre Beziehung schneller zu Ende ist, als Sie denken!"

Eigentlich half das immer und schließlich willigte sie auch wirklich ein.

Natürlich versuchte ich, ihr das alles möglichst schonend beizubringen. Aber wie sehr kann man jemanden schonen, wenn man ihm das erzählt, was ich ihr erzählen musste.

Allerdings nahm sie meine Nachrichten sehr gefasst auf und ließ mich bis zum Ende erzählen, ohne mich zu unterbrechen. Man konnte sehen wie ihr Gehirn arbeitete und ich ließ sie zuerst gewähren. Als dann aber die Zeit knapp wurde, musste ich ihre Gedanken unterbrechen.

„Also, können Sie das Stillschweigen mit ihrem Gewissen vereinbaren?"

Sie schaute mich an, als würde ich Kinder essen.

„Können sie den Mund halten?"

Das schien sie zu verstehen.

„Ich denke schon. Und Sie sind sich sicher, dass er in der nächsten Zeit alles beichten wird?"

„Ja, davon können Sie ausgehen!" log ich. Natürlich wusste ich nicht, ob es echt so schnell gehen würde, aber ich konnte ihr ja schlecht die Wahrheit sagen und so bestand wenigstens eine Chance, dass sie es nicht tat.

Gerade als ich ihr das Versprechen abgenommen hatte, sahen wir Herr Liebermann auf uns zukommen. Zwar wirkte er noch etwas benommen, wankte aber direkt auf uns zu.

Wir liefen ihm ein Stück entgegen und seine Lebensgefährtin nahm ihn sofort am Arm, um ihn zu stützen. Mit einem Nicken und einem leise gehauchten

„Danke", ging Herr Liebermann an mir vorbei. Ich sah noch zu, wie er sich ins Auto fallen ließ- als wäre er in den letzten paar Stunden um mindestens zehn Jahre gealtert und ging dann wieder hinein, um mit Eva zu reden. Sie hatte niemanden, der sich ihrer annahm und deshalb musste, nein wollte ich ihr helfen.

Ich fand sie mit angezogenen Knien, die sie mit ihren Armen umschlang, auf dem Boden sitzend. Ihr Kopf war gesenkt und ich konnte nicht in ihr Gesicht schauen, da ihre Haare es wie ein Vorhang verdeckten. Ohne ein Wort zu sagen, setzte ich mich neben sie und legte ihr meine Hand auf die Schulter. Ehe ich es mich versehen konnte, schlang sie ihre Arme um mich und drückte mich fest.

Doch sie schien nicht nur aus Trauer um ihren Ehemann zu weinen, den sie nun endgültig verloren hatte.

„Danke. Wirklich, vielen Dank!" schluchzte sie.

„Wofür denn das?"

„Naja. Du hast mir geglaubt."

„Wie kommst du denn da drauf?"

„Wenn du es nicht getan hättest, dann hättest du wohl kaum Nachforschungen angestellt und meinen Mann gefunden."

Ich musste mir eingestehen, dass es wohl so war.

Allerdings glaubte ich ihr nur teilweise. Den Teil, dass sie Eva Liebermann war, glaubte ich ihr jetzt. Nur fand ich ihre Geschichte, dass sie die letzten siebzehn Jahre auf einer Insel vor der Englischen Küste gelebt hatte, äußerst unglaubwürdig. Das sagte ich ihr natürlich nicht.

„Kannst du mir noch einmal erzählen, was genau passiert ist, nachdem ihr beide aufs Meer hinausgefahren seid?"

Sie nickte und begann noch einmal von vorn. Den Teil, an dem sie mit ihrem Mann tauchen gegangen und wegen des Nebels an der Küste angespült worden war, kannte ich ja schon. Dann erzählte sie mir von der Schönheit der Landschaft.

Mitten auf der Insel ragte nach ihrer Aussage ein großer Berg in den Himmel, an dem eine alte Burg gebaut war. In der lebten sie und ein paar andere Frauen. Neben den Kräutern, die sie auf einer Terrasse, die neben der Burg in den Berg gehauen worden war, anpflanzten, bauten sie dort auch ein wenig Weizen an, um sich Brot zu backen. Nicht ein einziges Mal in der Zeit, die Eva dort gewesen war, hatte es geschneit und es schien so, als ob es dort nie wirklich kalt wurde. Deshalb wuchs dort auch einfach alles. Und zwar das ganze Jahr über. Vorwiegend aßen sie dort aber Äpfel, die wirklich fantastisch schmeckten und als sie das erzählte, schweiften meine Gedanken kurz ab zu den Äpfeln, die ich in meinem Traum gegessen hatte.

Zwar gab es auch Tiere wie Kühe und Schafe auf der Insel -es gab wohl wirklich viele Schafe dort- doch da sie kein Fleisch aßen, nahmen sie nur die Wolle der Schafe, um sich Kleidung zu machen und ab und zu auch etwas Milch von den Kühen, wenn diese nicht gerade ein Kälbchen zu versorgen hatten. Der Berg hatte keine richtige Spitze. Es war mehr eine von Steinen übersäte Ebene, die meist im Nebel lag. Einmal im Monat aber lichtete sich der und gab eine große Fläche frei, auf der sich ein Steinkreis befand. In dessen Mitte stand ein großer Steintisch, durch den ein wirklich majestätischer Baum wuchs. Anders als alle anderen Bäume trug dieser hier nur einmal im Jahr Früchte, war aber nicht nur deshalb etwas ganz Besonderes auf der Insel. Eva erzählte, dass dieser Baum der Göttin gewidmet war und sie und die anderen Frauen dort, wenn der Nebel sich lichtete, Rituale abhielten, um der Göttin zu danken.

Als ich fragte, welche Göttin sie meinte erwiderte sie, dass es die Göttin sei, die über die Erde wachte und im Speziellen ein Auge auf Flora und Fauna hatte. Ich stellte mir eigentlich nur eine Frage: Glaubte sie wirklich selbst daran?

Ein Blick auf sie verriet mir, dass es so war. Hatte sie eventuell einen heftigen Schlag auf den Kopf bekommen?

Eine andere Erklärung hatte ich dafür nicht und deshalb beschloss ich auch, ihr einen Arzttermin zu verordnen, damit man sie komplett durchchecken konnte.

Vielleicht war wirklich etwas mit ihrem Hirn nicht in Ordnung.

Eine Weile saßen wir noch auf dem Boden, doch dann hielt ich es für an der Zeit, mich zu verabschieden. Zwar war Eva darüber etwas traurig, ich hielt es aber für das Beste und machte den Abschied deshalb so kurz wie möglich. Maik hatte mittlerweile Feierabend und darum konnte ich, ohne noch ein Schwätzchen zu halten, das Haus zu verlassen.

Was ich an diesem Tag schon alles erlebt hatte, war allein schon unglaublich, doch es sollte noch besser werden.

7.

Auf dem Nachhauseweg fuhr ich noch schnell bei meiner Praxis vorbei, um meine Post abzuholen. Neben der Werbung und den Rechnungen, die man immer im Briefkasten hatte, befand sich diesmal auch ein Brief dabei, der wohl von einer Privatperson geschickt worden war.

Es konnte sich dabei nur um einen meiner Patienten handeln, denn alle anderen, die ich kannte, hatten ja meine Privatadresse und würden deshalb einen Brief an mich zu mir nach Hause schicken.

Ich war sehr neugierig, wer von meinen Patienten es war, zog es aber vor, den Umschlag erst zu Hause zu öffnen- so neugierig ich auch war.

Zu Hause machte ich es mir auf der Couch gemütlich, ich zog mir meinen bequemen Trainingsanzug an, kochte mir einen Tee und legte die Füße hoch.

Dann nahm ich ein Messer und öffnete den Brief.

Er war von Hand geschrieben und was darin stand, machte mich fassungslos.

Liebste Anne,
    wie leid es mir tut, was ich dir damals angetan habe, kann ich dir gar nicht sagen.

    Ich bereue zutiefst, dass wir so auseinandergegangen sind und möchte mich tausendmal dafür entschuldigen, was alles passiert ist.

    Zumal ich damals aus keinem anderen Grund als aus der tiefsten Liebe zu dir gehandelt habe bin ich mir sicher, dass du es mittlerweile verstanden hast.

    Du bist die netteste, liebevollste, intelligenteste, schönste, eloquenteste Frau, die ich kenne.

    Es ist so, dass ich mittlerweile eingesehen habe, dass ich mich dir gegenüber -trotz meines edlen Hintergrundes! - mehr als falsch Verhalten habe.

Da ich aber denke, dass es mit einem Brief nicht einfach getan ist möchte ich dich bitten, dass du dich mit mir mal auf einen Kaffee oder so etwas triffst, damit ich dir erzählen kann, wie schlecht es mir deswegen selber geht.

Nun hoffe ich, dass du dich selber fragst ob es nicht sinnvoll wäre, wenn wir es noch einmal miteinander versuchen würden, denn zum Teil warst ja auch du ein wenig Schuld daran.

Ich habe meine Nummer beigefügt.

Es verbleibt dir in tiefster Zuneigung zugetan, dein Thomas.

Wenn ich nicht schon gesessen hätte, wäre ich wohl umgefallen! Als unbeteiligter wäre das der wahrscheinlich witzigste Brief gewesen, doch mich selber schockte er zutiefst und mir war klar, dass mich mein erster Weg am nächsten Morgen mal wieder zur Polizei führen würde.

Ich hoffte, dass die Verfügung, die ich erwirkt hatte, auch für Nachrichten galt.

Jetzt brauchte ich jemanden, mit dem ich reden konnte und so rief ich Irina an.

Natürlich las ich ihr auch den Brief vor, woraufhin sie laut lachen musste.

Als sie sich wieder ein wenig unter Kontrolle hatte, entschuldigte sie sich allerdings dafür.

„Es tut mir leid, dass ich lachen muss, aber ich halte den Mann für einen begnadeten Komiker. Glaubt der echt selber an das, was er dir geschrieben hat?"

Leider teilte ich ihre Meinung diesbezüglich nicht, denn ich hielt Thomas für hochgradig gefährlich. Dass es auch so war, hatte er selber ja auch schon bewiesen.

Dann fragte mich Irina, ob sich der junge Polizist schon bei mir gemeldet hätte und mir fiel ein, ich hatte ihr von dem Einbruch in meine Praxis auch noch gar nicht erzählt.

Es war ungewöhnlich, dass wir so lange nicht telefoniert hatten. Eigentlich war es auch so, dass ich mich immer bei ihr melden musste. Sie rief mich nie von sich aus an. Wahrscheinlich lag es daran, dass sie immer auf Männersuche war und seit ich ihr einmal, nachdem ich mit ihr in einer Disco gewesen war, gesagt hatte, was ich davon hielt, sich jedem Mann quasi an den Hals zu schmeißen, nahm sie mich auch nicht mehr mit. So verbrachten wir nur noch ruhige Abende zusammen, an denen wir eben Wein tranken und Filme schauten oder so etwas.

Sie reagierte ziemlich ungehalten als ich ihr erzählte, dass ich schon bei der Polizei gewesen war.

„Du weißt doch, dass ich auf den Polizisten stehe. Warum konntest du denn nicht warten bis ich frei hatte?"

Natürlich war es unsinnig, mit ihr darüber zu diskutieren, und gerade jetzt war es mir auch ziemlich egal, was sie darüber dachte. Vor allem, weil sie mal wieder sich selber und ihre eigenen Bedürfnisse in den Vordergrund stellte und dabei einfach vergaß, wie es mir ging. Ich hatte ja keinen Spaß daran – scheinbar anders als sie – jede Woche bei der Polizei aufzulaufen. Mir war bewusst, dass man dort irgendwann sogar Spitznamen für solche Leute erfand.

Dumm wie ich aber bin, ließ ich mich auf eine Diskussion mit ihr ein, die dann damit endete, dass ich meinte: „Weißt du, du blöde Kuh, wenn du es nicht mal schaffst, einmal für mich Verständnis zu haben, dann ist das keine Freundschaft, die wir haben. Immer du mit deinen Männergeschichten, es nervt mich einfach. Wenn du willst, dann kann ich dir gerne helfen. Ruf einfach in der Praxis an und mach einen Termin aus. Ich geb dir sogar Freundschaftsrabatt!"

Dann legte ich auf.

Ich kochte vor Wut und Enttäuschung.

Jetzt musste ich mich erst recht irgendwie abreagieren.

Nachdem ich kurz überlegt hatte, packte ich meine Trainingssachen zusammen und nahm mein Handy in die

Hand, um Leon anzurufen. Warum ich nicht gleich ihn angerufen hatte anstatt meiner ehemals besten Freundin, war mir schleierhaft. Gerade in dem Moment klingelte es und da es Irina war, die mich anrief, lehnte ich den Anruf ab und suchte Leon in meinem digitalen Telefonbuch.

Anhand seiner Stimme konnte ich erkennen wie sehr er sich freute, dass ich ihn anrief.

Er wirkte allerdings etwas geknickt, als ich ihn fragte, ob wir uns gleich mit Trainingsklamotten an meinem Fitnessstudio treffen könnten.

„Ja, weißt du... also, ich müsste eigentlich in einer halben Stunde... weißt du, was? Ja, machen wir! Bis gleich."

Er war sogar noch vor mir da und als ich auf ihn zulief, empfing er mich mit offenen Armen.

Seine Sporttasche ließ er einfach fallen und drückte mich ganz fest. Es war genau das, was ich jetzt brauchte und er schien das zu merken. Während ich sein Aftershave einatmete – das übrigens fantastisch zu ihm passte – entspannte ich mich langsam.

„Danke, dass du sofort gekommen bist!"

Sein Lächeln war magisch. „Gern. Es schien dir wichtig zu sein."

Klar sagte er es so, als wäre es eine Feststellung, aber es klang mehr wie eine Frage.

Im Moment wollte ich aber noch nicht darauf eingehen und auch das merkte er wohl.

„Ich bin hier nicht angemeldet, wie machen wir das?" fragte er.

„Das ist kein Problem. Du kannst ein Probetraining mitmachen."

Nachdem wir ihn dazu angemeldet hatten, ging er in Richtung Männerumkleidekabine, während ich zu der für die Frauen lief. Auf halbem Weg machte ich aber halt, denn ich wollte ja über den Brief reden und deshalb musste er wissen, was darin stand. Da er noch nicht in der Umkleide war, rief ich ihn zu mir. Er kam auch wirklich gleich brav angetrabt und ich überreichte ihm das Schreiben.

„Bitte, versprich mir, dass du nicht ausrastest." bat ich.

„Hast du mich schon jemals böse gesehen?" zwinkerte er und während er in der Umkleide verschwand, schaute er schon auf den Umschlag.

Gerade als ich meine Hose fürs Training anzog, hörte ich eine Männerstimme durch die Halle rufen...

„Das ist ja wohl der Ober-super-mega-Hammer!"

Alle Frauen drehten sich erschreckt, um herauszufinden, woher die Stimme kam. Da mir klar war, dass es Leon gewesen war, der da so gebrüllt hatte, reagierte ich nicht ganz so wie die Anderen darauf. Stattdessen zog ich mir schnell meine Schuhe an und lief hinaus, um Leon abzufangen. Der war schon auf dem Weg zum Ausgang und ich konnte ihn gerade noch erwischen.

Es war das erste Mal und wie ich hoffte auch das letzte Mal, dass ich ihn so außer sich sah. Er unterschied sich von seinem Bruder nur insofern, dass er mich nicht schlug. Zwar hatte ich in diesem Moment etwas Angst vor ihm, dennoch stellte ich mich ihm direkt in den Weg und legte meine Hand auf seine Brust. Ich konnte spüren wie schnell sein Herz schlug und dass er am ganzen Körper zitterte. Er war so außer sich, dass er mich ein kleines Stück vor sich herschob, bevor er überhaupt zu realisieren schien, dass jemand vor ihm stand.

Als er mich ansah, lag ein Feuer in seine Augen, das mich ganz klein werden ließ.

„Ich schwöre bei Gott, damit ist er zu weit gegangen! Den Idioten knöpfe ich mir vor!"

In seiner Hand hielt er noch immer den Brief, diesmal jedoch auseinader gefaltet.

„Nein, bitte, tu das nicht! Du hast es mir versprochen!"

Ihm wurde klar, dass ich recht damit hatte, aber er musste sich sehr zusammenreißen, um sich auch daran zu halten.

„Pass auf. Wir trainieren jetzt erst mal und dann geht es dir schon besser. Versprochen!"

Widerwillig stimmte er zu und während ich in die Umkleide lief, um den Brief wieder in meiner Tasche zu verstauen, wartete er brav an der Tür. Dann legte er aber los.

Während ich mit kleinen Gewichten und kleinem Widerstand anfing zu trainieren, nahm er immer mindestens das Vierfache von dem, was ich mir auferlegte. Nach einer halben Stunde war er dann immerhin schon so ausgepowert, dass wir anfangen konnten, halbwegs normal darüber zu reden.

Zwar schlug er mir immer noch vor, er könne sich der Sache annehmen oder einen Auftragskiller beauftragen, doch ich lehnte lächelnd ab. Ich war der Meinung, ich sollte es über den rechtlich einwandfreien Weg klären. Da musste es auf jeden Fall Möglichkeiten geben. Dass er daran zweifelte, machte er mir mit einer fragend hochgezogenen Augenbraue klar.

„Vor allem kannst du dich doch gar nicht darauf verlassen! Du hast doch gesehen wie lange sie gebraucht haben, um bei dem Einbruch vor Ort zu sein!"

Mein Gewissen war nicht wirklich rein, denn ich hatte ja schon irgendwie dafür gesorgt, dass er und sein Bruder sich nicht mehr riechen konnten, nun wollte ich nicht, dass er deswegen auch noch ins Gefängnis ging.

„Bist du eigentlich völlig wahnsinnig?" fragte er mich, als ich ihm das sagte. „Mein bescheuerter »Bruder« ist selber daran schuld! Du hast doch überhaupt nichts getan!

Er hat dich doch damals misshandelt! Und eins will ich dir mal sagen: Egal, mit wem er das gemacht hätte, ich hätte nichts mehr mit ihm zu tun haben wollen! Es liegt nicht an dir und lag es auch nie. Sag so etwas nie wieder!"

Nach dieser Standpauke war ich ruhig. Dass Leon so auf meiner Seite war, rührte mich zutiefst. Nicht mal meine Eltern hatten sich damals wirklich für mich eingesetzt und meine Freundin Irina tat es ja auch nicht. Es tat gut, mal jemanden auf meiner Seite zu haben, der scheinbar bedingungslos zu mir stand.

Nach dem Training brauchte ich natürlich länger unter der Dusche als er und als ich fertig angezogen aus dem Fitnesscenter hinaustrat, wartete er schon auf mich.

Als wir uns verabschiedeten – er musste mir noch einmal hoch-und-heilig versprechen nichts ohne meine Zustimmung zu unternehmen – zog ich ihn zu mir nach unten und küsste ihn liebevoll auf die Stirn.

„Wow." War sein Kommentar dazu. „Darf ich noch mit zu dir?"

Ich lachte zum ersten Mal an diesem Tag. Auch eine super Eigenschaft von guten Freunden. Sie können dich immer zum Lachen bringen - auch, wenn es dir mal echt scheiße geht.

„Lass dir das besser nicht zu Kopf steigen. Das war rein freundschaftlich!"

Leon zog eine enttäuschte Miene und seufzte übertrieben. Warum er solo war, wollte mir nicht klar werden. Allein mit diesem herzerweichenden Blick musste er doch jede Frau umstimmen können. Ich schaffte es, hart zu bleiben.

Naja, nicht ganz. „Vielleicht nächstes Mal..."

Sein schelmisches Lächeln war so gut, dass ich ihn noch einmal auf die Stirn küsste.

„Ich danke dir ganz herzlich für alles!"

„Nicht dafür, ma Chérie." Dann stieg er in sein Auto und als er an mir vorbei fuhr, streckte er mir noch einmal frech die Zunge heraus. Jetzt wurde mir bewusst, dass ich gerade dabei war, mich wirklich in meinen ehemaligen Schwager zu verlieben.

Da mein Handy zuhause lag, hatte ich zum Glück nicht mitbekommen wie Irina wieder und wieder versucht hatte, mich anzurufen. Zum Teil hatte sie auf meine Mailbox gesprochen und mir sogar eine Textnachricht gesendet. In der bat sie mich, mich bei ihr zu melden, denn es tat ihr so leid, wie das alles gelaufen war und dass sie es doch **so** gar nicht gemeint hatte. Die Aussage kam mir bekannt vor und ich hatte heute keine Lust mehr auf unehrlich gemeinte Entschuldigungen und deshalb schaltete ich mein Handy ab und den Fernseher ein.

Ich lehnte diese Sendungen eigentlich ab, in denen Schauspieler einem das echte Leben übertrieben vermitteln wollten, doch heute brauchte ich diesen Mist irgendwie. Es war ja im Vergleich zu dem, was ich im Moment erlebte, recht ruhig.

Danach schaute ich mir dann einen Krimi an, der ebenfalls im Fernsehen lief und dann machte ich mich bettfertig. Weil mir dabei das Verlangen mich allein in mein großes, kaltes Bett zu legen verging, legte ich mich auf die Couch und sah weiter Fern.

Nun lief - nach meiner Meinung – aber wirklich nur noch Mist. Ich schaltete mein Handy an und schrieb Leon eine Textnachricht.

»Hey, Leon, wie geht es dir?«

Nachdem ich sie abgeschickt hatte, kam mir der Text echt blöd vor.

»wie geht es dir?«???

Ich hatte ihn doch vorhin gesehen und wieviel schlechter oder besser konnte es ihm schon gehen? Sofern er nicht plötzlich einen Unfall gehabt hatte oder krank geworden war.

Die Antwort ließ gar nicht lang auf sich warten.

»Hey, schöne Frau! Mir gehts den Umständen entsprechend.
Rege mich noch ein bisschen auf. Und dir?«

Er ließ definitiv keine Gelegenheit aus, um zu flirten.

»Ich kann mich nicht beklagen.
Habe gerade fern gesehen und stelle mich so langsam
auf die Nachtruhe ein.
Reg dich bitte nicht so sehr auf, denn sonst habe ich ein
schlechtes Gewissen!«

Wir beide wussten, dass es allen Grund gab, um sich zu
beklagen.

»Das ist schön. Wenn du Hilfe brauchst beim zu Bett
gehen ;-) ;-) ...ich wäre für dich da. Du brauchst kein
schlechtes Gewissen zu haben - wie schon gesagt: Thomas
ist ja Schuld daran!«

Nach dem Teil mit »wenn du Hilfe brauchst...« , hatte
er einen zwinkernden Smiley - eines dieser grinsenden
Gesichter, die man mit Satzzeichen machte - hinzugefügt.
Was war Leon für ein alter Schwerenöter, dachte ich
mir. Dann schrieb ich ihm noch einmal, dass ich es wirklich
genossen hatte, mit ihm Zeit zu verbringen und dass ich
mich morgen bei ihm melden würde. Er versicherte mir
noch einmal, dass es weder ein Problem noch eine
Belastung für ihn wäre, sondern eine Freude und dann sagte
mir auch gute Nacht.
Die wenigen SMS mit ihm, hatten mir aber schon
gereicht, um mich wieder etwas zu beruhigen.
Endlich hatte ich nicht nur die Zeit, sondern auch die
Nerven mich mit dem zu befassen, was Eva mir erzählt
hatte.
Sie sagte ja, nachdem sie an der Küste der Insel
angespült worden war, hatte sie, bis sie plötzlich in Kassel
aufgetaucht war, dort gelebt. Ich nahm mir meinen alten
Atlas und suchte im Inhaltsverzeichnis nach einer Karte des
englischen Küstenabschnitts, an dem die beiden mit dem
Boot hinausgefahren waren. Zwar wurde ich fündig, aber als

ich die Seite aufschlug, auf der man den Abschnitt sehen sollte, sah ich, dass nur die größten Inseln angezeigt wurden.

Das half mir also nicht wirklich weiter, denn keine der Inseln war so wenig bewohnt, dass sie auf die von Eva beschriebene passte. Immer war wenigstens ein Dorf oder ein Haus auf ihr. Eine Burg oder ein Schloss konnte man dort schon gar nicht finden.

Zudem erklärte es nicht, wie sie dann plötzlich von dort in den Bergpark gekommen war. Sie hatte mir ja im Vertrauen etwas von einem hellen Licht erzählt, auf das sie zugegangen war.

Von so etwas hatte ich bis jetzt nur gehört, wenn jemand kurzzeitig gestorben war und dann, nachdem er wieder lebte, von seinem Erlebnis erzählte. Eigentlich glaubte ich ja daran schon kaum und dass es jetzt hier so gewesen sein sollte... und vor allem nach siebzehn Jahren!

Normalerweise war eine Reanimation des Herzens, nachdem man fünf Minuten Tod war, schon nicht mehr möglich oder zumindest nicht sinnvoll, da das Gehirn durch den Sauerstoffmangel schon einen irreparablen Schaden erlitten hatte.

Eigentlich konnte ich nur darauf warten, was die Untersuchung ergeben würde.

Als mein Handy klingelte, schreckte ich hoch. Das Licht brannte und der Fernseher lief auch immer noch. Der Atlas und meine Notizen lagen über den Boden verteilt.

Wieder mal war ich während des Lesens eingeschlafen.

Draußen war es mittlerweile hell und das Wetter an diesem Tag schien gut zu werden. Also konnte ich gut spazieren gehen oder sonst etwas an der frischen Luft unternehmen. Mein Handy hatte aufgehört zu klingeln. Ich ignorierte es einfach und schaltete es ab.

Dann ging ich ins Bad und zog mich an.

8.

Früher kaute ich immer auf meinen Fingernägeln, wenn ich nervös war. Zum Glück habe ich mir das mit der Zeit allerdings abgewöhnen können. Stattdessen kaute ich jetzt auf meiner Unterlippe, auf die ich mir in diesem Moment gebissen hatte.

Nun hatte ich den metallischen Geschmack von Blut in meinem Mund. Allerdings war ich nicht wirklich schuld an meinem Malheur. Um die Vorlesung aufzulockern und die Zuhörer wach zu halten, hatte der Redner gerade auf das Pult vor ihm geschlagen, woraufhin das Mikrofon auf den Tisch knallte und die Boxen einen unglaublich lauten und schrillen Ton von sich gaben. Nicht nur ich zuckte zusammen. Viele der Besucher saßen kerzengerade auf ihren Sitzen und viele von ihnen hielten sich sogar die Ohren zu.

Ich hatte mich dazu entschieden, zu diesem Seminar über unerklärliche Phänomene zu gehen, weil ich gerne mit dem Hauptredner über Eva und ihre Geschichte reden wollte. Eigentlich war ich nur durch Zufall darauf gestoßen, denn gerade als ich schauen wollte, ob ich neue E-Mails hatte, war die Einladung als sogenannte Spammail – also unerwünschte Werbung – in meinem Postfach erschienen.

Leider gab es keinen anderen Weg an den Mann heranzukommen, als sich diesen wirklich sehr langweiligen Vortrag über rätselhafte Phänomene anzuhören. Am Anfang war es sogar gar nicht schlecht gewesen. Als ein kleiner untersetzter Mann, der eine gewisse Ähnlichkeit mit Danny deVito hatte, eine wilde Geschichte über U.F.O.s und Außerirdische erzählte und sie mit angeblichen Beweisen untermauerte, hatte man wenigstens noch ein bisschen lachen können, doch nun war es zum Einschlafen.

Es war fast wie die Befreiung von einer schweren Last als er schließlich endete und die Bühne für einen anderen Mann frei gab. Er war nun endlich der Hauptredner und er kam auch sofort zur Sache.

„Einen wunderschönen guten Tag. Ich hoffe, Sie sind alle noch ein wenig aufnahmefähig nach diesen… spannenden und unterhaltsamen Gedichten. Da meine Vorredner Sie schon auf das Unerklärliche hingewiesen und Ihnen auch schon erklärt haben, wie die Regierungen uns hinters Licht führen wollen, kann ich nun gleich mit meinem Vortrag anfangen."

Was er uns dann erzählte, konnte man dann sogar durchaus akzeptieren und es war auch in keiner Weise langweilig. Ihm schien es gar nicht schwerzufallen, sein Publikum mit einzubeziehen und er erzählte nicht von Außerirdischen, Kornkreisen und unbekannten Flugobjekten sondern von Menschen, die in manchen Situationen außergewöhnliche Kräfte entwickelten. Zum Beispiel, wenn ihr Leben oder das eines geliebten Menschen in Gefahr war.

Manche Menschen konnten sogar ihre Fähigkeiten soweit trainieren, dass sie jederzeit mehrere Steinplatten mit ihrem Kopf durchschlagen oder mit Nadeln durch Glasplatten werfen konnten. Alles in allem hörte sich das nicht nach großen Leistungen an, obwohl sie dabei keinerlei Schaden nahmen.

Eigentlich sprach er nur Sachen an, die man sich nur halbwegs erklären konnte und nicht die, die wirklich ungeklärt waren. Zwar erwähnte er ein paar Beispiele, doch da man sie wirklich nicht erklären konnte, machte es nur wenig Sinn, darüber zu reden. Die Zuhörer diskutierten eifrig mit ihm und es machte wirklich Spaß, zuzuhören.

So verging die Zeit wie im Flug und nach etwas mehr als zwei Stunden entschuldigte er sich dafür, dass sie nicht über alles reden konnten, es gab einfach zuviel Stoff für einen Nachmittag. Er meinte aber, dass ihn gerne jeder der Teilnehmer über seine Homepage anschreiben konnte und er würde ihnen dann antworten. Natürlich pries er auch sein Buch an, das erst Kurzem auf dem Markt erschienen war und in dem er noch mehr Themen ansprach.

Dann schickte er sich an, den Saal zu verlassen, obwohl noch viele der Leute Fragen oder Kommentare in den Raum riefen. Ich musste mich beeilen, um ihn noch am Ausgang zu erwischen. Das gestaltete sich schwieriger als gedacht, da die Leute, die nun ebenfalls den Saal über die anderen Ausgänge verlassen wollten, mir den Weg versperrten.

Natürlich hatte ich kein Glück mehr. Als ich den Parkplatz erreichte, sah ich gerade noch die Rücklichter des Autos, dass den Redner zum Bahnhof fuhr.

Darüber war ich zwar wirklich verärgert, doch mich darüber aufzuregen, brachte mir nichts. Hätte ich doch einfach meine Fragen während des Vortrages gestellt! Nun blieb mir nichts anderes übrig, als ihm eine E-Mail zu schreiben.

Das Beste was ich jetzt machen konnte, war, meinen geplanten Spaziergang in Angriff zu nehmen.

Dazu suchte ich wieder den Bergpark auf. Der Auepark war an sich auch sehr schön, mich aber reizten der Wald und die kleinen Pfade mehr als sauber angelegte Wege an langen Teichen und Wiesen entlang. Es war außerdem eine gute Gelegenheit den Ort, an dem Eva so plötzlich aufgetaucht war und auch die Umgebung, etwas genauer anschauen.

Zwar glaubte ich nicht daran, dass ich etwas finden würde, doch ich hoffte wenigstens ein paar Anzeichen dafür zu finden, dass sie hier vielleicht einfach hingelegt wurde.

Auf Fußabdrücke konnte ich nicht hoffen, weil der Vorfall einfach schon viel zu lange her war und Regen oder Wind die Spuren verdeckt oder verwischt hatten. Aber es konnte doch gut sein, dass ein Teil ihres Kleides oder eines anderen Kleidungsstücks dort lag.

So lange ich aber auch suchte, ich fand nicht einmal einen Ast, der so aussah, als wäre er von Menschenhand abgebrochen oder auch nur umgeknickt worden.

Nach einer Weile kam ich auf eine kleine Lichtung. Das Seltsame daran waren zehn eigenartige Bäume, die in der Mitte der Lichtung wuchsen und einen perfekten Kreis bildeten. Sie sahen uralt aus. Älter als die meisten anderen Bäume hier im Park. Sonnenstrahlen fielen durch die Öffnung und gaben dem ganzen eine magische Atmosphäre.

Es sah aus wie eine Lichtsäule, die in mitten des Waldes bis in den Himmel ragte. Anfangs wunderte mich nicht darüber denn als der Bergpark entworfen und angelegt wurde, hatte man viele kleinere Spielerein und versteckte Geheimnisse mit angelegt. Doch dann fiel mir der Apfelbaum auf der in der Mitte des Kreises wuchs. Zwar trug er keine Früchte doch ich war mir absolut sicher, dass es einer war. Bis zu seinem Tod war mein Opa ein begeisterter Gärtner gewesen, in dessen Garten einige Apfelbäume standen. Von Apfelbäumen im Bergpark hatte ich bisher weder etwas gehört noch gelesen. Aber vielleicht war es ja eine dieser Raffinessen. Das glaubte ich zumindest, bis ich mir die Bäume etwas genauer ansah.

Jedem der Bäume war ein Zeichen in den Stamm geritzt worden. Das Zeichen sah beinahe aus wie das @-Symbol, das meist in den Emailadressen stand. Nur war der Kreis um das kleine a herum geschlossen und zwei Äste lagen überkreuzt darüber. Dazu fiel mir auf, dass die Symbole hell und golden leuchteten. Weil ich meinen Augen nicht traute, schloss ich sie und öffnete sie wieder. Noch immer konnte ich die Symbole sehen! Da ich mir dies genauer ansehen musste, ging ich auf einen der Bäume zu. Plötzlich verschwanden die Symbole und die Bäume sahen aus wie vorher. Vorsichtig fasste ich einen der Stämme an, um herauszufinden, ob mir meine Nerven einen Streich spielten.

Ein Pärchen lief auf dem Weg nicht weit von mir entlang und als sie mich entdeckten, beobachteten sie mich neugierig im Vorbeigehen. Wahrscheinlich hielten sie mich für einen Hippie, der sich gerade mit den Bäumen unterhielt oder so etwas. Eigentlich war es mir aber auch egal. Mich beschäftigte viel mehr, warum ich die Zeichen, die ich eben gesehen hatte, nun nicht mehr sehen konnte. Zwar tastete ich jeden der Bäume ab, doch konnte nichts Ungewöhnliches entdecken.

Schließlich setzte ich mich auf den Boden und machte eine Pause. Ich zweifelte wirklich langsam an meinem Verstand. Jetzt bildete ich mir sogar schon ein, irgendwelche Sachen zu sehen, die nicht existierten. In dem Moment war alles zuviel und ich spürte, wie mir die Tränen in die Augen schossen. Da ich ganz allein hier war und das Pärchen die einzigen Personen seit einer guten halben Stunde gewesen waren, die hier vorbeigekommen waren, musste ich mir wohl keine Gedanken um Zuschauer machen und konnte völlig hemmungslos heulen.

Das tat ich dann auch ungefähr zwanzig Minuten, bis es mir etwas besser ging - jedenfalls für den Moment. Es reichte aber aus, um mich aufzurappeln und in Richtung Schloss zu laufen.

Natürlich suchte ich wieder meine Bank auf und dort traf ich heute endlich mal wieder auf Stefanie. Sie freute sich ebenso mich zu sehen, wie ich mich freute, sie zu sehen. Stefanie merkte gleich, dass etwas nicht mit mir stimmte und hakte nach. Zwar war sie ja eigentlich noch eine relativ Unbekannte, aber ich musste mich jetzt jemandem anvertrauen. Also erzählte ich ihr alles.

Damit schien ich sie nachdenklich zu machen. Sie besaß genug Feingefühl, um mich nicht zu unterbrechen.

„Was ist denn daran so unglaubwürdig?" fragte sie.

Allein für diese Frage hätten andere Psychiater sie wahrscheinlich gleich einweisen lassen.

„Naja. Allein die Tatsache, dass sie glaubt, sie sei durch ein Tor von England hierher gekommen. Wie soll das denn bitte gehen?"

Nun entbrannte eine heftige Diskussion zwischen uns über das Mögliche und Unmögliche. Dabei schafften wir beide es aber irgendwie ruhig und sachlich zu bleiben, was – das konnte ich mir selber eingestehen – nicht gerade meine Stärke war.

„Nun ja, wenn man nicht an so etwas glaubt und es wissenschaftlich erklären will, dann könnte man vielleicht so etwas sagen wie: Wenn es so etwas gibt, wie verschiedene Dimensionen – was nicht unwahrscheinlich ist, denn wir leben ja in der vierten Dimension – dann könnte es doch sein, dass ein Ort existiert, der zwischen dem Hier und Jetzt und einer völlig anderen Dimension liegt… und wenn du sowieso an so etwas glaubst, dann muss man es gar nicht erklären."

Darüber musste ich kurz kichern.

„Nun ja, aber wie hoch ist die Wahrscheinlichkeit, dass so etwas wirklich existieren kann?"

Versuchte ich nun zu argumentieren. Für sie war das aber anscheinend nicht genug.

„Warum müssen eigentlich immer die Leute, die an so etwas glauben es beweisen? Warum können sie nicht einmal zu den Kritikern sagen: Hey, jetzt beweist das mal!"

„Aber, das haben sie doch schon gemacht und die meisten Sachen konnten doch widerlegt werden..." alles was recht ist, aber ich hätte Stefanie nicht für so dickköpfig gehalten.

„So, und was wurde bisher bewiesen?" wollte sie wissen. „Ist es bewiesen, dass das Monster von Loch Ness nicht existiert nur, weil man dort ein Unterseeboot mit irgendwelchen Instrumenten heruntergelassen hat? Loch Ness ist riesig und man kann doch nicht sagen, wenn man am einen Ende ist, dass dort nichts existiert nur, weil es am anderen Ende ist und man nichts sehen oder hören kann.

Das Lieblingsthema aller sind ja irgendwie die Außerirdischen. Manche fragen sich, ob es sein könnte, dass irgendwo noch anderes Leben existiert, das fortschrittlicher ist als wir… Ich frage immer: Wie kann es sein, dass es nicht so ist- bei der Vielzahl an Universen, die jedes zig Planeten hat? Es liegt doch eher an der Arroganz der Menschen, zu glauben, sie wären allein und hätten deshalb alle Rechte!

Deshalb geht auch dieser Planet vor die Hunde… aber das nur mal am Rande.

Wenn es nichts Unerklärliches gibt, wie kann dann eine Mutter manchmal über Kilometer hinweg ahnen, wenn es ihrem Kind schlecht geht oder es in Gefahr ist? Die Wissenschaft ist im Allgemeinen nur der momentane Stand des Irrtums!"

Ich schaffte es gar nicht mehr, zu Wort zu kommen. Stefanie hatte sich so in Rage geredet, dass sie nicht mehr aufzuhalten war.

„Letzte Woche erst hat eine Frau nach einem Massaker in einem Einkaufszentrum gesagt, sie hätte das Einkaufszentrum nur deshalb früher verlassen, weil sie ein schlechtes Gefühl gehabt hat. Wie will man das erklären?"

„Naja, das war eben der siebte Sinn." Antwortet ich; stolz darauf, auch mal etwas einwerfen zu können, was die Situation erklärte. Im nächsten Moment wurde mir klar wie dumm das war, was ich von mir gegeben hatte.

„Aha!" rief Stefanie auch gleich. „So etwas wie einen siebten Sinn soll es also geben? An Sachen, die rein logisch betrachtet im Möglichen Bereich liegen glauben die

Menschen nicht, aber an solche Sachen wie den siebten Sinn schon?"

Irgendwie hatte sie ja recht! Mein Dickkopf weigerte sich aber, das kampflos hinzunehmen.

Leider fiel mir kein schlagendes Argument mehr ein und so musste ich wohl oder übel meine Niederlage eingestehen. Stefanie schien zu merken, dass ich ein wenig verärgert war und ging nicht weiter auf das Thema ein, sondern fragte mich, wie ich nun weiter vorgehen wollte.

Dumm war nur, dass ich darauf auch nicht viel sagen konnte, weil ich selber ja noch recht ratlos war.

„Ich werde wohl die Untersuchung abwarten und mich dann entscheiden. Normalerweise schreiben die Richtlinien vor, dass ein Patient, der sich nicht in der Gesellschaft zurechtfindet, logischerweise erst einmal hinter verschlossenen Türen bleiben muss."

„Meinst du denn, das ist der Fall?"

„Immerhin fehlen ihr die letzten Jahre und seitdem hat sich viel verändert. Wir sollten sie auf jeden Fall erst einmal auf das Leben da draußen vorbereiten."

„Also denkst du nicht, dass sie nicht klar kommen würde?"

„Nein, aber ich denke, dass ihr gerade die Sache mit ihrem Mann sehr zugesetzt hat und dass selbst, wenn man sie auf freien Fuß entlassen kann, sollte sie zumindest noch eine Weile professionelle Hilfe bekommen."

Da stimmte mir Stefanie zu. Schließlich schweiften unsere Gespräche ab und wir sprachen über alles Mögliche.

Zwar versuchte ich, ein bisschen mehr über sie herauszufinden, sie lenkte das Gespräch aber immer wieder sehr geschickt in andere Richtungen. Immerhin erfuhr ich nebenbei, dass sie ursprünglich nicht aus Deutschland kam und sie scheinbar noch mehrere Schwestern hatte. Das war für den Anfang wenigstens schon etwas. Wahrscheinlich war Stefanie jemand, der sich nicht gleich allen anvertraute und erst mal eine gewisse Vertrauensbasis schaffen wollte.

Der Tag neigte sich so langsam dem Ende und es war Zeit, nach Hause zu gehen. Morgen musste ich wieder in die Psychiatrie, um mit Eva an ihrem neuen Leben zu arbeiten und dafür wollte ich ausgeruht sein.

Wir vereinbarten diesmal aber, uns am morgigen Nachmittag wieder hier zu treffen.

Meine Wohnung sah logischerweise genauso chaotisch aus, wie ich sie hinterlassen hatte.

Das war deprimierend. Warum konnte nicht alles in meinem Leben ein wenig einfacher sein! War es zuviel verlangt, dass ein Partner dort auf mich wartete, der manchmal kochte, mir manchmal kleine romantische Geschenke machte und romantische Ideen hatte?

Konnte nicht ein Mann, den ich kennenlernte, mal so sein wie ich es mir vorstellte?

Und das Bett machte…

Es konnte doch nicht sein, dass ich diesbezüglich zuviel verlangte...

Mein Handy holte mich aus meiner kleinen Depression.

Die Nummer des Anrufers kannte ich nicht, aber wer konnte es schon sein, um diese Uhrzeit?

Ich nahm ab und meldete mich mit meinem Namen.

Vom anderen Ende der Leitung kam keine Reaktion. Es war aber keine Störung in der Verbindung da ich ganz deutlich hörte, wie jemand atmete. Vielleicht war es jemand, der nicht mehr gut hörte oder Hilfe brauchte? Selbst wenn er sich verwählt hatte dachte ich, dass es meine Pflicht wäre, ihm zu helfen.

„Hallo? Können Sie mich nicht hören? Geht es Ihnen gut?"

Noch immer war keine Antwort zu hören.

„Irina? Leon?" Sie waren die einzigen Beiden, die mir einfielen und mir am Meisten am Herzen lagen – auch wenn ich mich mit Irina gestritten hatte.

Plötzlich wurde einfach aufgelegt. Verdutzt schaute ich mein Handy an. Da mir nicht einmal die Nummer angezeigt wurde, konnte ich weder zurückrufen noch herausfinden, wer mich da angerufen hatte.

Als Erstes rief ich Leon an und fragte, ob es ihm gut ging. Das war zum Glück der Fall und er hätte gerne noch länger als nur eine halbe Stunde mit mir telefoniert, doch ich musste noch versuchen Irina zu erreichen, um mich auch bei ihr zu vergewissern, dass es ihr gut ging. Sie ging nicht an ihr Handy. Nachdem ich es mehrere Male über eine viertel Stunde versucht hatte, gab ich es auf. Sie wollte wohl nicht mit mir reden.

Ich versuchte, mich mit dem erst Besten abzulenken, das mir in die Hände fiel.

Es handelte sich dabei um eine Frauenzeitschrift, die ich erst halb gelesen hatte.

Leider waren nur wenige Artikel lesenswert. Meist handelte es sich um Themen wie: »Wie mache ich meinen Partner glücklich?«, »Was ist die Aufgabe einer Frau?« und weiterem – meiner Meinung nach – Schwachsinn. Die restlichen Seiten waren vollgestopft mit Werbung und Kochrezepten. Irgendwie beantwortete das für mich die Frage, was wohl die Aufgaben einer Frau waren. Ob das wirklich der Sinn der Emanzipation war???

Das wiederholte Klingeln des Telefons rettete mich in gewisser Weise.

Es war schon wieder eine unbekannte Nummer.

Seufzend nahm ich ab und meldete mich abermals mit meinem vollen Namen.

Diesmal meldete sich jedoch sofort jemand.

„Guten Tag, Frau Dankrun. Mein Name ist Kai Friedrich und ich bin Journalist."

»Verwirrt« und »verwundert« waren nicht die richtigen Ausdrücke für meine Stimmung.

„Sie fragen sich bestimmt, was ich von Ihnen will?"

Aber Hallo!!!

„Es ist mir zu Ohren gekommen, dass Sie eine Frau behandeln, die vor fünfzehn Jahren verschwunden ist und nun plötzlich wieder aufgetaucht ist. Meine Zeitung würde gerne darüber zu berichten. Könnten Sie sich Zeit für ein Interview nehmen? Es reicht natürlich aber auch, wenn Sie nur ein paar Worte dazu sagen."

Woher er oder seine Zeitung davon erfahren hatte, war mir genauso schleierhaft, wie woher er meine Handynummer hatte.

„Es ist mir klar, dass Sie gerne wüssten, woher ich das weiß; doch ich muss Ihnen leider sagen, meine Quellen müssen geheim bleiben. Dafür haben Sie doch Verständnis?"

„Natürlich habe ich das. Im Gegenzug muss ich Sie aber auch darauf hinweisen, dass ich niemals über Patienten reden werde und darf."

„Das verstehe ich ja." lenkte der Reporter ein. „Es ist nur so, dass wir den Bericht so oder so machen werden.

Natürlich wäre es schön, wenn sie sich dazu äußern könnten, damit wir alle Fakten haben und nicht nur spekulieren müssen – Sie wissen doch, dass das manchmal in die Hose gehen kann."

„Ach, Sie meinen, wenn ich mich dazu äußere und damit meine Approbation aufs Spiel setze und zudem eine Klage riskiere, werden Sie keine Lügen verbreiten?"

„Wenn Sie es so ausdrücken wollen. Ich finde aber die Bezeichnung »Lügen« so hässlich! Sagen sie doch lieber: »frei interpretieren«."

„Wenn Sie so wollen. Für welche Zeitung schreiben Sie eigentlich:"

Als er mir den Namen seiner Zeitung nannte, musste ich laut lachen.

„Dieses Schundblatt? Da hatte ich schon die Befürchtung, dass mehr als nur drei Leute diese »Story« lesen könnten, aber das war ja nun wirklich völlig unbegründet! Ich kann nur sagen: Schreiben Sie doch, was Sie wollen. Viel Glück dabei!"

Lachend legte ich auf. Gleich darauf klingelte mein Handy wieder. Scheinbar hatte Herr Friedrich noch nicht genug oder er hatte nicht verstanden, was ich ihm zu sagen versucht hatte.

Wütend nahm ich ab und fing an zu sprechen, bevor er noch etwas sagen konnte.

„Hören Sie mal, Mann. Nicht nur, dass es verboten ist mit jemandem über Patienten zu sprechen, ich halte es außerdem für höchst unmoralisch! Wenn Sie nicht sofort aufhören mich zu belästigen, dann werde ich Sie anzeigen!"

„Ich befürchte ich weiß nicht, worüber du sprichst!" war die Antwort.

Es war nicht der Reporter, der am anderen Ende der Leitung sprach.

„Thomas!?"

„Hallo, mein Schatz."

Jetzt verschlug es mir die Sprache.

„Du bist bestimmt recht baff, oder? Es tut mir leid, dass ich dich so überfalle, aber ich wollte mal hören, ob du meinen Brief auch bekommen hast?"

Gerne hätte ich jetzt aufgelegt, doch mein Instinkt riet mir, es nicht zu tun. Stattdessen nahm ich all meinen Mut zusammen und versuchte zu sprechen. Schließlich hatte ich mich dazu entschlossen meinen Ängsten ins Auge zu sehen.

„Was willst du denn von mir?"

„Ich dachte, das hätte ich eben gesagt. Eigentlich habe ich dir einen Brief geschrieben und da du bis jetzt noch nicht auf ihn geantwortet hast, wollte ich anrufen um sicherzugehen, dass du ihn überhaupt bekommen hast."

„Natürlich habe ich ihn bekommen… und auch gelesen, aber du kannst das, was du geschrieben hast, doch unmöglich ernst meinen."

„Warum denn nicht?" er schien wirklich nicht zu verstehen, was so falsch daran war.

„Kapierst du denn gar nichts? Du hast allein Schuld an dem, was damals passiert ist. Niemand sonst! Nimmst du irgendwelche Drogen oder so?"

Das hätte ich nicht sagen dürfen.

„Du Lügnerin. Eigentlich bist du doch ganz allein daran Schuld mit dem, was du mir angetan hast. Viele im Gefängnis waren der gleichen Meinung wie ich. Du kannst doch froh sein, dass ich dir verzeihe! Wenn du endlich zur Vernunft gekommen bist, dann ruf mich an!"

Ein melodisches Tuten aus der Leitung ließ mich wissen, dass er aufgelegt hatte.

Komischerweise machte ich mir in dem Moment gar keine Gedanken über diesen Anruf. Ich hatte wohl in letzter Zeit zuviel Merkwürdiges erlebt. Mir war nur klar, dass mir nun wieder ein Besuch bei der Polizei bevorstand.

Als ich noch einmal auf den Display meines Handys schaute um nach der Uhrzeit zu sehen stellte ich fest, dass Irina versucht hatte, mich zu erreichen. Zwar war sie nicht gerade die Person mit der ich sprechen wollte, weil ja auch noch eine Aussprache mit ihr anstand, doch da ich mit irgendjemandem reden musste, der mir nicht mein Leben oder meine Karriere ruinieren wollte und ich eh irgendwann mit ihr reden musste, konnte ich es auch genauso gut jetzt machen. Am Ende telefonierten wir nur schlappe vier

Stunden. Doch dann ging es mir bedeutend besser, sodass ich wenigstens halbwegs friedlich einschlafen konnte.

9.

Endlich Freitag! Das hieß, noch einmal in die Psychiatrie und dann konnte ich volle zwei Tage Ruhe genießen. Wenn man sich das vor Augen hielt, dann fiel der Arbeitstag viel leichter. Bei meiner Ankunft in der Psychiatrie erlebte ich allerdings eine Überraschung. Ich ging wie immer, nachdem ich meinen Wagen geparkt hatte, durch die Vordertür und führte meine kleine Standardplauderei mit Maik. Als ich dann gerade auf dem Weg zu Eva war, hielt mich einer der Pfleger auf und teilte mir mit, dass der Leiter der Anstalt mich sprechen wollte.

Dies kam nicht besonders häufig vor und so wunderte ich mich schon etwas, kam der Bitte aber nach.

Er saß wie immer in seinem Büro in seinem Drehstuhl und las in irgendwelchen Dokumenten.

Dass er wirklich las, was darin stand und die Zeilen nicht nur kurz überflog, glaubte ich zwar nicht, aber da er die Psychiatrie alles in allem wirklich vorbildlich leitete, konnte man ihm aber keinen Vorwurf machen. Das Einzige, was ich zu bemängeln hatte, war, dass er immer noch diesen dämlichen Doktor beschäftigte, mit dem ich mich ja überhaupt nicht verstand.

Nachdem er mir lächelnd die Hand entgegen gestreckt und ich sie ebenso freundlich geschüttelt hatte, bot er mir an, auf einem der beiden Sessel vor seinem Schreibtisch Platz zu nehmen.

„Es freut mich, dass Sie sich kurz die Zeit genommen haben. Ich hoffe, Sie fühlen sich immer noch wohl hier. Soviel, wie ich gehört habe, machen Sie hier einen echt guten Job und das wollte ich ihnen schon immer mal mitteilen."

Da ich gespannt war, was als Nächstes kam, quittierte ich dieses Lob nur mit einem Nicken und wartete auf das »aber«, das meist folgte.

„Zudem wollte ich Sie zu den Fortschritten mit Eva Liebermann beglückwünschen. Auch wenn Ihre Methoden etwas… außergewöhnlich sind."

Ich wartete immer noch auf das »aber«.

„Aber…"

AHA!!!

„…scheinbar hatte ihre letzte Aktion keine guten Auswirkungen auf Eva. Sie verschließt sich und will niemanden sehen. Sie wollte nur ein paar Blätter und Stifte haben, um zu zeichnen."

„Also, ich halte das nicht für ungewöhnlich." erwiderte ich. „Stellen Sie sich vor, dass das letzte, was Sie sehen bevor sie ertrinken, ihr Partner ist. Dann tauchen Sie plötzlich nach langer Zeit wieder in einer Gegend auf, die weit entfernt ist von dort wo Sie verschwunden sind, ohne sie an die Zeit zu erinnern. Dann werden Sie eingesperrt und die einzige Hoffnung, die Sie noch haben, ist ihr Partner. Der will aber plötzlich nichts mehr von Ihnen wissen. Wie würden Sie denn reagieren?"

Darüber musste er wohl kurz nachdenken. Als er mir antwortete, lag eine gewisse Schwere in seiner Stimme und die Art, wie er es sagte, gab mir das Gefühl, dass er wirklich versucht hatte, sich in ihre Situation zu versetzen.

„Wahrscheinlich hätte ich mir eine hohe Brücke gesucht und wäre dann dort herunter gesprungen."

Er hatte begriffen.

„Es wird das Beste sein, wenn wir ihr die Zeit zugestehen, die sie braucht."

„Da haben Sie vermutlich recht… und dann?"

„Wir – oder besser ich muss sie dazu bringen, wieder ans Leben zu glauben. In einer gewissen Zeit wird sie garantiert aus ihrem Tief herauskommen und ich bin davon überzeugt, dass wir dann noch schneller Fortschritte machen als vorher."

„Das hört sich nach einem vernünftigen Plan an."

„Ich habe also ihre Zustimmung?"

„Sie können auf meine Unterstützung zählen!" nickte er.

Es war schön, mit Menschen zu arbeiten, die vernünftig waren und mit denen man reden konnte.

„Dann haben Sie wohl heute frei, wenn ich das richtig sehe." grinste er.

Unter normalen Umständen wäre mir das auch sehr recht gewesen, aber im Moment war die Arbeit das Einzige, was mich ein wenig ablenkte und der Gedanke daran, mich einfach wieder auf meine Bank im Bergpark zu setzen, reizte mich nicht besonders. Die Gefahr, dass wieder alles hoch kommen würde, war zu groß und ich hatte keine Lust, schon wieder einen Nervenzusammenbruch zu bekommen.

„Es wäre schön, wenn es so wäre; aber ich habe ja auch noch andere Patienten, mit denen ich mich beschäftigen muss."

„Ja, das klingt vernünftig. Ich würde übrigens gerne nächste Woche bei der Sitzung mit Eva anwesend sein."

Das war mir gar nicht recht, aber er war der Chef und mir war klar, dass er mich nur aus Respekt fragte. Er hätte es auch genauso gut einfach anordnen können. Also musste ich einen Kompromiss finden.

„Wenn Sie vielleicht über die Kameras zuschauen könnten, dann wäre mir das auch recht. Vielleicht verschließt sie sich sonst einfach und das können wir uns nicht leisten!"

Der Leiter der Psychiatrie stand auf und reichte mir zum Abschied die Hand. Er schien zufrieden.

„Damit kann ich leben. Bis nächste Woche also."

Lächelnd erwiderte ich wiederum den Handschlag und verließ, nachdem ich Maik freundlich zugewinkt hatte, das Haus.

Natürlich waren mir die Akten in meinem Büro egal, obwohl ich wusste, dass ich dringend noch ein paar von ihnen durchschauen musste. Zudem hatte ich bei meinem Lieblingspatienten wieder einmal nur das Diktiergerät mitlaufen lassen und das musste ich ja auch noch zu Papier bringen und mir Gedanken über das Aufgenommene machen, denn am Montag stand schon wieder der nächste Termin mit ihm an.

Nachdem ich eine gute Stunde im Auepark spazieren gegangen war, zog es mich aber doch wieder in den Bergpark. Irgendwie hoffte ich, dass ich dort wieder auf Stefanie treffen würde.

Nachdem ich ein paar Stunden auf meiner Bank gesessen hatte und sie immer noch nicht aufgetaucht war, beschloss ich, mich etwas unterhalb an den Rand der großen Wiese zu setzen und dort ein wenig die Leute zu beobachten, die dort picknickten, Federball und andere Sachen spielten oder einfach nur dort saßen und das gute Wetter genossen.

Trotz des ganzen Trubels um mich herum – oder gerade deswegen – konnte ich nicht wirklich abschalten. Dann sah ich aber endlich diejenige in einem langen, gelben Sommerkleid auf mich zukommen, auf die ich an meiner Bank vergeblich gewartet hatte. Natürlich lief Stefanie wieder barfuß, doch da die meisten heute auch nur leicht bekleidet unterwegs waren, schaute ihr niemand verwundert hinterher.

Sie lächelte mich freundlich an und als sie mich erreichte, konnte ich nicht anders, als ihr um den Hals zu fallen.

„Nanu, meine Schw… Freundin. Was ist denn mit dir los?"

„Das glaubst du mir nie. Ich dachte ja, es könnte nicht schlimmer kommen, aber… aber…"

Und da war es wieder. Das Gefühl völliger Hilflosigkeit. Dass die Tränen jetzt auch nicht mehr weit waren, war mir klar und schon spürte ich den dicken Kloß in meinem Hals.

Nachdem ich mich eine gefühlte halbe Stunde ausgeheult hatte und meine Tränen langsam versiegten, während meine Sprache langsam wieder zu mir fand, konnte ich Stefanie endlich alles erzählen.

„Du schaffst es aber auch immer wieder den ganzen Mist noch zu toppen…" meinte sie und zuckte zusammen.

So heftig hatte sie es wohl nicht ausdrücken wollen.

„Entschuldige bitte!"

„Das macht nichts. Irgendwie hast du ja doch recht."

Jetzt lief meine Nase auch noch Marathon. Zum Glück hatte ich immer Taschentücher in der Tasche, die ich bei mir führte.

„Ich weiß ehrlich nicht mehr, was ich machen soll."

Ein wenig schäbig kam ich mir schon vor. Immer, wenn ich Stefanie traf, tat ich nichts anderes, als mich zu beklagen. Zwar sagte sie mir, dass ihr das nichts ausmachte, doch meinem schlechten Gewissen half es trotzdem nicht.

„Das Beste wird sein, wenn du noch einmal zur Polizei gehst und ihnen die neue Situation schilderst!" empfahl sie.

Das hatte ich ja auch vor, allerdings sträubte ich mich noch ein bisschen, denn wenn ich nun wieder bei der Polizei auftauchen würde, dann würden sie mir bestimmt einen verrückten Spitznamen geben.

„Das tut doch gar nichts zur Sache! Du bist doch im Recht und immerhin hast du ja die Nummer, die sie doch bestimmt leicht zurückverfolgen können. Wenn du ihnen das zeigst, dann bin ich mir sicher, dass sie dir helfen werden."

Rein logisch betrachtet hatte sie recht. In der Praxis konnte es auch ganz anders aussehen. Wenn Thomas mich von dem Handy eines Freundes angerufen hatte, konnte ich ihm gar nichts beweisen. Innerlich fluchte ich darüber, dass ich das Gespräch nicht aufgezeichnet hatte.

Offenbar sah man mir in meinen Augen oder man merkte es meinem Verhalten an, wie zwiegespalten ich war, denn Stefanie rang mir das Versprechen ab, dass ich noch heute zur Polizei fahren würde.

Währenddessen, legte sie mir eine Hand auf die Schulter und schaute mir tief in die Augen.

Als ich dann endlich einwilligte, lächelte sie zufrieden.

„So ist brav. Hab einfach ein wenig Vertrauen, dass alles wieder gut wird!"

„Na, wenn du meinst…"

„Vertrau mir. Und jetzt muss ich leider los. Meine Schwester kommt heute wieder nach Hause. Sie war eine Ewigkeit weg und wir wollen sie mit einem kleinen Fest empfangen."

Schweren Herzens verabschiedete ich mich von ihr und machte mich ebenfalls auf den Weg.

In meinem Auto hatte sich dermaßen die Hitze angestaut, dass ich beim besten Willen nicht einsteigen wollte. Ich öffnete die Türen und den Kofferraum und wartete ein wenig, bis der Wind es ein wenig erträglicher im Innenraum gemacht hatte. Mein Handy hatte ich wie eigentlich immer im Auto gelassen. Wenn ich es in den Bergpark mitnahm, dann konnte ich nur schlecht abschalten.

Auch diesmal hatte ich wieder mehrere »Anrufe in Abwesenheit«.

Sie waren alle von einer Festnetznummer aus Kassel.

Also konnte ich bedenkenlos zurückrufen, denn Thomas durfte ja, laut seiner Bewährungsauflagen, nicht seine Heimatstadt verlassen.

Es klingelte dreimal und dann hatte ich plötzlich einen Anrufbeantworter am anderen Ende der Leitung.

„Guten Tag. Sie sind verbunden mit dem Anrufbeantworter der Psychiatrie…"

Dann wurde die Ansage unterbrochen und eine männliche Stimme – die völlig außer Atem war – sagte:

„Hallo? Ähhh, ich meine Maik Hansen. Psychiatrie Kassel, Empfang. Was kann ich für Sie tun?"

„Hi, Maik. Ich bin es, Anne. Irgendwer hat mehrmals versucht, mich anzurufen. Was gibt es denn wich…"

„Ah, ja. Wo haben Sie denn die ganze Zeit gesteckt?"

Da er ziemlich aufgebracht war und mich so einfach unterbrach, war das ein Zeichen für mich, dass irgendetwas gravierendes passiert sein musste.

„Ich war… beschäftigt!"

„Sie müssen unbedingt hierher kommen. Bitte kommen Sie sofort. Wir werden Ihnen hier alles erzählen. Nur kommen Sie schnell."

„Ich komme." Meinte ich kurz, legte auf und machte mich sofort auf den Weg.

Ein Krankenwagen und ein Streifenwagen der Polizei parkten direkt vor dem Eingang der Psychiatrie. Weil die hinteren Türen des Krankenwagens weit offen standen, konnte man sehen, dass niemand dort drinnen lag. Wenn ich mir bis eben keine Sorgen gemacht hatte, jetzt war es soweit. Es war schon mehr als nur einmal vorgekommen, dass ein Patient durchgedreht und Amok gelaufen war. Da sie nun gerade mich angerufen hatten, konnte nur heißen, dass einer meiner Ex-Patienten, die von mir als unheilbar eingestuft worden waren und nun nie wieder das Haus verlassen durften, ein Problem hatte. Ich ging nicht davon aus, dass es Eva war, denn sie war einfach nicht fähig einen anderen Menschen zu verletzen geschweige denn, einen Mord zu begehen. Vielleicht war auch jemand durchgedreht und hatte Geiseln genommen. Dann wären aber bestimmt mehr Wagen der Polizei vor Ort gewesen, als nur einer.

Auch die Tür, die normalerweise nur durch den Mann am Empfang zu öffnen war, stand weit offen, sodass jeder, der wollte, hinein und hinaus gehen konnte.

Ein Sanitäter kam auf mich zugelaufen, beachtete mich aber nicht weiter, sondern lief zum Krankenwagen und holte ein paar Sachen aus einem der eingebauten Fächer.

Was es genau war, konnte ich nicht erkennen, doch als er wieder auf mich zulief, hielt ich ihn an.

„Entschuldigen Sie. Was geht denn hier vor sich?"

Gerade als er mir antworten wollte, kam der Leiter der Psychiatrie auf uns zu.

„Gut, dass Sie gekommen sind!" rief er mir schon durch den Gang entgegen, während der Sanitäter an ihm vorbei eilte und um die nächste Ecke verschwand.

„Natürlich. Es hörte sich so an als ginge es um Leben und Tod."

„Kommen Sie bitte mit. Ich erkläre Ihnen alles auf dem Weg."

Er kam auch ohne Umschweife zur Sache. Wenn auch nur langsam da er durch den kurzen Dauerlauf ziemlich außer Atem war.

„Ihre Patientin Eva, ist Tod."

Damit brachte er mein Herz mindestens zwei Schläge zum Aussetzen. Dann schlug es jedoch umso Schneller.

„Wie bitte?" keuchte ich.

„Ja, so leid es mir tut…"

„Wie ist das passiert?"

„Die Beweggründe sind uns nicht bekannt, aber so wie es aussieht, hat sie sich einen der Stifte in den Hals gerammt und hat dabei die Hauptschlagader getroffen."

„Könnte es sein, dass es ein Unfall war?" Daran glaubte ich aber selber nicht. Natürlich war es Selbstmord. Laut der Aussage des Psychiatrieleiters vom Nachmittag, hätte er sich in ihrer Situation auch umgebracht. Warum man ihr dann aber auch noch spitze Stifte gegeben hatte, war mir schleierhaft.

„Wann haben Sie es bemerkt?"

„Naja. Einer der Pfleger hat ein wenig Blut bemerkt, das unter der Tür hinauslief. Sie hatte zu der Zeit schon so viel Blut verloren, dass es unter der Tür durchgeflossen war.

Als er die Tür öffnete, lag sie schon bewusstlos auf dem Boden. Er hat dann Großalarm ausgelöst, aber es war schon zu spät für sie!"

Als wir fast an dem Zimmer angekommen waren, in dem Eva eingesperrt war, kamen die beiden Sanitäter und ein Arzt in weißem Kittel aus dem Raum. Die beiden Sanitäter schoben eine Bahre vor sich her, auf dem Evas zugedeckter Körper lag. Sie mussten Evas Körper ins Krankenhaus bringen, damit man dort ihren genauen Todeszeitpunkt feststellen konnte. Ich wollte das nicht mit ansehen, aber wir mussten direkt an ihnen vorbei. Also drückte ich mich so nah und unauffällig an die Wand wie ich konnte, um möglichst viel Abstand zwischen mich und die Bahre zu bekommen. Nun konnte ich auch deutlich das Blut ausmachen, das eine kleine Lache vor der Tür bildete.

Da es nicht viel war, trocknete es mittlerweile schon an den Rändern.

„Bitte, ziehen Sie diese Socken über die Schuhe, bevor Sie eintreten!" meinte der Leiter und hielt mir ein paar dieser Einwegsocken aus Kunststoff hin, wie es sie auch im Krankenhaus gab.

Weil meine Beine fast genauso heftig zitterten wie meine Hände dauerte es länger als sonst. Auch der Leiter schien das zu bemerken. Er musterte mich besorgt.

„Wenn es zu heftig für Sie ist, dann können wir es auch lassen. Ich dachte nur, als behandelnde Ärztin hätten sie das Recht, hier zu sein."

„Nein, nein danke. Es geht schon." Log ich. Sicher war ich mir absolut nicht.

Was ich dann aber sah, verschlug mir wieder die Sprache.

Der komplette Fußboden war mit Blut bedeckt.

Teilweise war es schon getrocknet und dort, wo es noch nicht soweit war, konnte man sehen, wo die Männer entlang gelaufen waren.

Normalerweise stand der Tisch in der Mitte des Raumes, doch nun war er verschoben so, als hätte Eva ihn im Fallen weggestoßen. Sie musste mehr als verzweifelt gewesen sein, um sich selbst so etwas anzutun. Ich konnte nicht begreifen, wie sie es fertiggebracht hatte, sich selbst zu töten. Doch ich war auch noch nie in einer solchen Situation gewesen! Wenn dieser Stress und der Terror, den ich im Moment erlebte so weiter gingen, vielleicht dachte ich dann demnächst auch anders darüber. Auf dem Tisch lagen noch die Blätter, die sie bemalt hatte.

Weil ich nicht anders konnte, nahm ich sie in die Hand und ging sie der Reihe nach durch.

Sie bestanden eigentlich nur aus sinnlosem Gekritzel und es sah so aus, als hatte sie nur an die Stifte herankommen wollen. Auf eines war immer wieder diese alte Strichfolge gemalt, die man als »Haus-vom-Nikolaus« bezeichnete und auf einem anderen war ein Haus mit einem Baum zu sehen, über denen die Sonne schien. Allerdings waren sie so gemalt, als kämen sie von einem kleinen Kind.

Nur eins der Bilder sah anders aus. Auf ihm konnte man auch Bäume sehen. Ein geschlungener Pfad führte zu einer Felswand, über die eine gebogene Brücke verlief. Es sah aus, als hätte sie diese Zeichnung mit viel Mühe und Sorgfalt erstellt.

In der Felswand befand sie eine kreisrunde Öffnung, die hell leuchtete und *oh mein Gott.*

Mein Herz blieb wieder stehen. Direkt in der Mitte der Öffnung war genauso ein Symbol, wie ich in den Bäumen auf der Lichtung zu sehen geglaubt hatte.

War das jetzt einer dieser Zufälle? Das konnte ich mir kaum vorstellen.

Woher sollte Eva aber davon wissen? Ich hatte ihr nichts davon erzählt. Die Einzige die davon wusste, war Stefanie.

Ich beschloss die Zeichnung zu behalten und sie später genauer zu studieren.

Hier konnte sie bestimmt keiner gebrauchen. Unauffällig faltete ich sie zusammen und schob sie in meine Handtasche.

„Haben Sie irgendetwas gefunden? So etwas wie einen Abschiedsbrief oder so?" fragte der Leiter der Psychiatrie.

„Nein, leider nicht." Antwortete ich und ging seufzend aus dem Zimmer.

„Also, wenn Sie nichts mehr brauchen, dann gehe ich wieder in mein Büro und setze mich an den Papierkram. Die Polizei wartet auch schon darauf, dass ich meine Aussage mache."

Als mir bewusst wurde, dass mir dies auch noch bevorstand, stöhnte ich.

„Wenn Sie möchten, dann kann ich der Polizei sagen, dass sie nicht kommen konnten und sie können ihre Aussage später auf dem Revier machen…"

„Das wäre furchtbar lieb von Ihnen." Und ich war wirklich gerührt darüber, dass er so besorgt um mich war.

Vielleicht lag es aber nur daran, dass er schon zu wenig Mitarbeiter hatte und es sich nicht leisten konnte, mich auch nur für eine Woche zu verlieren.

Nun musste ich nur noch schnell das Haus verlassen, bevor mich einer der Polizisten doch noch sah.

Die Hitze, die vorhin noch draußen herrschte, hatte sich nun verändert. Es war unglaublich schwül und der Stadt stand wohl ein Gewitter bevor. Das machte mir aber gar nichts, denn erstens liebte ich die Naturgewalten und zweitens tat ein bisschen Regen den Pflanzen ganz gut.

Ein Blick auf die Uhr verriet mir, dass Leon mittlerweile schon Feierabend haben musste. Also rief ich ihn an und verabredete mich mit ihm. Wir wollten uns in dem gleichen Restaurant treffen, in dem er mir gebeichtet hatte, dass sein Bruder wieder auf freiem Fuß war. Als mir einfiel, dass ich Irina die Neuigkeiten auch noch erzählen musste, fasste ich einen Entschluss. Ich fragte Leon, ob ich sie mitbringen dürfte, womit er sofort einverstanden war.

Sie freute sich darüber, dass ich anrief und versprach mir auch, sich mit dem Anbaggern von Männern zurückzuhalten. Zwar kaufte ich ihr das nicht ab doch ich freute mich trotzdem. Nachdem ich zuhause geduscht und mich fertiggemacht hatte, fuhr ich mit dem Taxi zu dem Restaurant, vor dem Irina und Leon schon auf mich warteten. Da sie sich beide noch nicht wirklich kannten – als Leon mich nach Hause gefahren hatte, war es einfach zu dunkel gewesen, als dass einer den anderen hatte deutlich sehen können - standen sie zwar nicht weit von einander entfernt, sprachen aber nicht miteinander.

Irgendwie war das ein lustiges Bild. Nachdem ich beide miteinander bekannt gemacht hatte und sie ebenfalls über die Situation gelacht hatten, gingen wir hinein und setzten uns an den erstbesten Tisch. Leon und Irina verstanden sich auf Anhieb, was mir nur recht sein konnte.

Während ich erzählte, rissen sie an den gleichen Stellen Augen und Mund auf. Mit unseren Getränken kam auch eine Überraschung.

„Die Runde geht aufs Haus!" meinte die Bedienung mit einem Zwinkern. „Der Chef freut sich, dass es Ihnen besser geht und dass Sie uns wieder besuchen!"

Das fanden wir außergewöhnlich nett und prosteten dem Inhaber des Restaurants freundlich zu. Genauso freundlich erwiderte der unseren Gruß.

Meine beiden Freunde waren der gleichen Meinung wie Stefanie und als ich ihnen das Bild zeigte und ihnen erzählte, was es mit dem Zeichen auf sich hatte, staunten sie nicht schlecht.

Bald wechselten wir aber das Thema und die Beiden versuchten mich abzulenken, in dem sie mir erzählten, was sie so alles in der letzten Zeit erlebt hatten. Das klappte recht gut und eine gute Stunde später dachte ich nicht mehr ein bisschen an Eva, Thomas oder meine Halluzinationen und Träume. Irgendwann war dann auch so viel Alkohol geflossen, dass ich an diesem Abend gar nicht mehr daran denken würde. Mir fiel auf, dass, je länger wir zusammen waren, desto besser verstanden sich Irina und Leon. Und das machte mich ein wenig eifersüchtig. Als Leon mich und Irina dann nach Hause fuhr, ließ er zuerst mich an meiner Wohnung aussteigen und fuhr dann weiter zu Irina.

Eigentlich konnte es mich ja nur freuen, denn wenn Irina endlich einen Freund fand, dann konnte ich wieder mit ihr weggehen ohne, dass sie jedem Mann hinterher lief.

Jetzt gerade war ich aber eh viel zu müde, als dass ich mir noch Sorgen um irgendetwas machen konnte. Ich ließ sogar das Zähneputzen ausfallen und warf mich nur noch auf mein Bett, zog meine Hose und das T-Shirt aus und schlief selig ein.

10.

Mein Tag begann mit einem mächtigen Kater.

Nachdem, was ich gestern Abend getrunken hatte, war das aber kein Wunder. Da heute Samstag war, konnte es mir egal sein. Zur Abwechslung wollte ich mir mal ein richtiges Frühstück gönnen. Ein Blick in den Kühlschrank machte mir aber schnell klar, dass ich ein grundlegendes Problem hatte.

Selbst im Weltraum war bedeutend mehr los als in meinem Kühlschrank! Das war kein Wunder, denn schließlich war ich ja gestern nicht einkaufen gewesen - wie jeden Freitag.

Zwar teilte mir mein Magen mit, dass er es nicht besonders gut fand, wenn ich jetzt noch vor dem Frühstück einkaufen gehen musste, doch ich versuchte, ihn einfach zu ignorieren. Während ich unter der Dusche stand, überlegte ich mir, wann ich eigentlich das letzte Mal etwas gegessen hatte. Es war vorgestern Mittag gewesen. Also höchste Zeit, mal wieder etwas feste Nahrung zu mir zu nehmen. Bevor ich das Haus verließ, machte ich mir noch ein Katerfrühstück – Kopfschmerzsprudeltablette im Wasserglas und einem anderen Glas mit Orangensaft. Ein wenig unmotiviert, griff ich im Flur nach meinem Schlüsselbund und verließ die Wohnung. Auf dem Weg in die Stadt fiel mir ein, dass ich eigentlich noch die Akten aus meinem Büro holen musste. Nach kurzem Überlegen beschloss ich, es noch vor dem Frühstück zu erledigen. Dann hatte ich es wenigstens hinter mir und konnte, während ich aß, schon einen Blick darauf werfen. Der Parkplatz vor dem Haus war komplett leer. Wer war auch so dumm und fuhr an einem Samstag an seinen Arbeitsplatz?

Die Akten suchte ich mir in Windeseile zusammen, mein Magen meldete sich schon wieder lautstark zu Wort.

Er war der Meinung, dass er nicht mehr warten konnte bis ich eingekauft und zuhause alles vorbereitet hatte.

Darum musste ich wohl oder übel in ein Café gehen und dort frühstücken. Alles in allem kein schlechter Gedanke.

Kein Abwasch, kein Müll… warum war ich nicht schon vorher darauf gekommen?

Mein Ziel war nun ein Café auf dem Friedrichsplatz, dort wurde eigentlich ein ganz gutes Buffet angeboten.

Außerdem bekam man dort zu dieser Uhrzeit immer einen Sitzplatz in der Sonne.

So war es auch heute und ich hätte auch gerne die Leute beobachtet, die jetzt schon fleißig daran waren, ihr Geld in den Geschäften auszugeben. Doch ich musste mich wirklich dringend mit den Akten beschäftigen, wenn ich nicht noch den ganzen Tag damit verbringen wollte.

Schnell wurde mir allerdings klar, dass ich jetzt gerade absolut keine Nerven dafür hatte. Ich las jeden Satz dreimal, ohne wirklich zu registrieren, was dort stand und jedes Geräusch in der Umgebung lenkte mich ab. Schließlich entschied ich mich dazu nur das Gespräch, das ich auf meinem Diktiergerät aufgenommen hatte, zu protokollieren.

Das konnte ich aber schlecht in der Öffentlichkeit tun, denn es war ja vertraulich geführt worden. Zudem kam erschwerend hinzu, dass ich das Diktiergerät in der Praxis hatte liegen lassen. Also musste ich wohl oder übel noch einmal dorthin. Jetzt wollte ich aber erst mal die Sonne genießen und ein ordentliches Frühstück zu mir nehmen.

Nachdem ich das zweite Mal am Buffet gewesen war und meine dritte Tasse Kaffee genoss, begann ich, mir Gedanken darüber zu machen, ob ich mein Leben - so wie ich es führte - richtig führte...

„Hey, meine Liebe!" rief jemand mit schriller Stimme quer über den Platz. Natürlich drehte ich mich in die

Richtung aus der die Stimme kam, so wie so ziemlich jeder um mich herum.

Ich wunderte mich sehr, als ich Irina auf mich zukommen sah. Es war gar nicht ihre Tageszeit. An Wochenenden war sie gewöhnlich nie vor vierzehn Uhr ansprechbar. Noch mehr wunderte mich aber, wer sich in ihrer Begleitung befand! Es war Leon, der hinter ihr lief!

Schwer beladen mit ein paar prall gefüllten Einkaufstaschen. Scheinbar befand sich meine Freundin wieder in einem Shoppingrausch.

Während Irina mich fest an sich drückte, stellte Leon, scheinbar überglücklich die schwere Last endlich loszuwerden, die Taschen auf einem Stuhl ab.

Als er mich umarmte stellte ich fest, dass Irina ihn ganz schön ins Schwitzen gebracht hatte.

„Was macht ihr beiden denn hier?"

Leons Blick wanderte unbewusst zu den Einkauftaschen, die er nur mit Mühe so hatte stapeln können, dass sie sich auf den Stuhl hielten.

„Oh, Süße! Ich hatte Lust shoppen zu gehen und ich dachte, dass du noch schlafen würdest, darum habe ich Leon angerufen und da er gerade auch nichts Besseres zu tun hatte… Du bist mir jetzt aber nicht böse, oder?"

Natürlich war ich das nicht. Irina war richtig aufgedreht, aber das kannte ich schon zu genüge.

Sie wandte sich an Leon. „Weißt du, was? Wir machen jetzt eine Pause und trinken was und dann nehmen wir sie einfach mit!"

So schnell wie Leon sich auf den nächstbesten Stuhl fallen ließ, konnte ich gar nicht gucken.

„Ich gehe mal kurz auf die Toilette und dann komme ich zu euch." flötete Irina und war nur einen Augenblick später im Restaurant verschwunden.

Leons Stirn glänzte, aber da er lächelte, schien es ihm ganz gut zu gehen.

„Und, du hast dich leichtsinnigerweise darauf eingelassen?"

„Jap"

Er grinste breit und hob einen Arm, um einem der Kellner zu signalisieren, dass er etwas bestellen wollte.

Mich verwunderte es, dass er schon wusste, was Irina am liebsten trank- doch Leon klärte mich, nachdem er über meinen Blick herzhaft gelacht hatte, kurz auf.

„Sie redet einfach sehr gern... und viel!"

Da musste ich ihm recht geben.

„Wird das etwa etwas Ernstes mit euch?"

Mit der Frage überrumpelte ich ihn wohl etwas. Bevor er mir aber antworten konnte, kam Irina zurück. Zeitgleich mit den Getränken.

„Warst du denn heute schon bei der Polizei?"

Nachdem ich eine Weile um eine Antwort herumgedruckst hatte, schüttelte Leon den Kopf.

„Hast du denn wirklich mehr Angst davor, so einen blöden Spitznamen zu bekommen, als noch einmal Thomas in die Hände zu fallen?"

„Nein..."

Leon fiel mir ins Wort, noch bevor ich überhaupt zum »aber« ansetzen konnte.

„Na gut, ich werde gleich nach dem Frühstück hinfahren." versprach ich.

Es hatte keinen Sinn mit ihnen zu diskutieren. Sie hatten recht und es war ja auch nur zu meinem Besten.

„Keine Angst. Wir kommen mit." tröstete Irina mich.

Scheinbar trauten sie mir nicht.

Nachdem wir also gezahlt hatten (und damit meine ich das Leon die Rechnung komplett übernahm), gingen wir alle zu Fuß zum Polizeipräsidium. Dort war natürlich recht wenig los. Der Mann an der Pforte erkannte mich sofort wieder.

„Ach, hallo! Wie geht's denn so?"

Ob ich diese Frage wirklich beantworten sollte? Meiner Meinung nach wollte er mich damit nur ärgern und deshalb hielt ich es für überflüssig zu antworten. Während ich ihm mein Anliegen vortrug konnte ich nicht anders, als mich umzudrehen und nachzusehen, ob Irina und Leon noch immer auf dem Parkplatz standen und auf mich warteten.

Das war der Fall und sie schienen sich wirklich gut zu verstehen, denn, wenn ich Irinas Gesten richtig deutete, dann flirteten sie gerade heftig miteinander. (Das hieß sie redete und er hörte zu)

„Dann schauen wir doch mal, was ich für Sie tun kann."

Meinte der Wachmann, nachdem ich geendet hatte und nahm den Telefonhörer in die Hand. „Wenn Sie so lange bitte dort im Wartebereich warten würden."

Ich konnte noch hören, wie er sagte: „Ja, hallöchen. Ich habe hier wieder unsere Lieblingskundin… ja es geht wieder um ihren Ex-Mann."

Beamte können ja solche Arschlöcher sein!!!

Die Blicke meiner Freunde folgten mir, während ich zu den Stühlen hinüber ging. Sie hatten wohl Angst, dass ich einfach hinausrennen und das Weite suchen würde.

Gerade als ich mich setzte und wieder Blickkontakt mit dem Wachmann aufnahm, winkte er mich zu sich.

„Also, Frau Dankrun. Leider muss ich Ihnen mitteilen, dass im Moment niemand Zeit hat. Es wäre besser, wenn Sie am Montag noch einmal kommen könnten…"

Ich bedankte mich und verließ eilig das Präsidium.

Natürlich musste ich Leon und Irina alles erzählen und dann ging Leon ohne ein Wort zu sagen, schnurstracks zu dem Wachmann.

Wir konnten sehen, dass es wohl hoch hergehen musste, denn Leon gestikulierte wie ein Wilder. Irgendwann stand der Wachmann allerdings auf und deutete mit der Hand auf den Ausgang. Ein unmissverständliches Zeichen.

Wütend kam Leon wieder auf uns zu gestapft.

„Na, keinen Erfolg gehabt?" Irina konnte sich die spitze Bemerkung nicht verkneifen.

„Die ignoranten Idioten! Scheiß Bullen, blöde! Man ist verlassen, wenn man sich auf die verlässt. Da sagt der blöde Wachmann doch zu mir, er lässt mich einsperren, wenn ich nicht gleich das Haus verlasse!"

Um ihn zu beruhigen, streichelte ich seinen Oberarm.

Er war fast so aufgebracht wie im Fitnessstudio. „Ist doch in Ordnung. Du hast es probiert und ich danke dir dafür. Dann komme ich halt Montag wieder und probiere es noch einmal."

„Nein, ich finde das nicht okay! Warum machen die nicht einmal ihre Arbeit?"

„Komm, mein Kleiner. Wenn du jetzt brav bist und keinen Ärger mehr machst, dann kaufe ich dir auch ein Eis!" versprach ich, was dann die gewünschte Wirkung hatte.

Leon schaute erst völlig verdattert, dann gluckste er.

„Na gut, aber ich will ein Großes!"

„Wenn du brav bist…" zwinkerte ich. Es war so rührend von Leon, dass er mich immer so verteidigte. Ohne ihn wäre ich wohl schon lange durchgedreht. Er gab mir im Moment den Halt, den ich brauchte. Dass Irina wohl mehr für ihn empfand als nur Freundschaft wurde mir in dem Moment klar, als Leon und ich uns in den Arm nahmen.

Wenn Blicke töten könnten.

Scheinbar war es aber eher unbewusst, denn als sie merkte, dass ich sie fragend ansah, schaute sie schnell weg und als sie mich dann wieder ansah, war ihr Blick wieder normal.

„Na, jetzt reicht es aber mal, ihr Turteltäubchen!" Sie versuchte sogar, dabei zu lächeln, was dann doch sehr gequält aussah.

Lachend trennten wir uns voneinander. Dann gingen wir wieder in die Stadt, damit Irina ihrer Kaufsucht frönen konnte.

Ich unterstützte Leon insofern, als dass ich Irina beim Kauf vieler Sachen abriet. Dennoch hatten wir hinterher jeder, drei volle Tüten zu tragen – und ich selber hatte mir nur eine Hose und ein paar Sandalen gekauft. Nachdem wir alles in Leons Auto verstaut hatten, mit dem die beiden gekommen waren machten wir aus, dass wir es uns an diesem Abend mit ein paar Gesellschaftsspielen gemütlich machen wollten. Weil ich einfach meine Wohnung am gemütlichsten fand – obwohl ich Leons gar nicht kannte, aber so musste ich nicht lange fahren und konnte mich wenn beide weg waren einfach ins Bett fallen lassen – wollten wir uns dort so gegen acht Uhr abends treffen. Während ich für die Verpflegung sorgen wollte, wollten Leon und Irina mitbringen, was ihre Spiele- und Filmsammlung hergab.

Das bedeutete, ich hatte noch drei Stunden Zeit das Diktiergerät zu holen, einzukaufen, meine Wohnung auf Vordermann zu bringen und das aufgenommene Gespräch zu protokollieren.

Mit ein bisschen Einsatz würde ich das aber schaffen.

Mein erstes Ziel war mein Büro und da das Diktiergerät an seinem Platz lag dauerte es nicht lang, bis ich auf dem Weg zum Einkaufsladen war. Dort hatte ich allerdings weniger Glück. Die Parkplatzsuche dauerte eine geschlagene Viertelstunde und genau wie der Parkplatz, war auch das Geschäft an sich überfüllt. Dadurch verlor ich eine weitere Stunde.

Trotzdem konnte ich es noch immer schaffen. Als ich meinen Wagen nicht wie sonst in der Tiefgarage parkte, sondern vorm Haus abstellte und zur Eingangstür ging, stand dort ein Mann, der gerade dabei war die Klingeschilder zu inspizieren.

„Kann ich Ihnen vielleicht helfen?" fragte ich höflich.

„Endlich bist du da!" meinte der und drehte sich um. Thomas war alt geworden.

Sein Gesicht war durchzogen von Falten und eine lange Narbe zog sich von seiner Wange bis hin zu seinem Auge.

Seine Kleidung allerdings war sehr gepflegt- wie ich es eigentlich auch von ihm gewohnt war. Während er scheinbar glücklich lächelte, sagten seine Augen etwas ganz anderes.

Er war sehr wütend.

„Was willst du hier? Du musst einen Sicherheitsabstand zu mir einhalten!"

„Na, na, na. Was ist denn das für eine Begrüßung?" fragte er und streckte die Arme aus.

„Willst du deinen alten Mann nicht in den Arm nehmen?"

Jetzt bestand kein Zweifel mehr daran, dass er verrückt war.

„Bist du jetzt völlig durchgedreht?"

Während er einen Schritt auf mich zumachte, wich ich nach hinten.

„Was hast du denn für ein Problem? Ich will doch nur mit dir reden…"

„Diese Chance hast du damals gehabt. Jetzt geh weg und lass dich nie wieder blicken!"

Seine Arme sanken hinab und der Ausdruck in seinen Augen veränderte sich.

Nun konnte ich den blanken Wahnsinn darin erkennen.

„So ist das also!? Du denkst, du könntest mich einfach abservieren und ein Techtelmechtel mit meinem Bruder anfangen? Das wundert dich was? Ich weiß alles!"

„Du Idiot weißt doch gar nichts! Dein Bruder ist mein bester Freund und er hat immer zu mir gehalten, im Gegensatz zu dir!"

Wahrscheinlich war es ein Fehler ihn zu beleidigen, doch es war mir einfach so heraus gerutscht. Wie ein Hahn plusterte er sich auf. Seine Brust wölbte sich als er Luft holte um mich anzuschreien, während er auf mich zulief.

„Du hast wohl den Verstand verloren, mich so zu demütigen? Du bist meine Frau und du kommst jetzt mit mir mit!" schrie er und streckte seine Arme aus, um mich zu packen.

Zum Glück wusste er nichts von meinem Kampfsporttraining und war deshalb völlig ahnungslos und unvorbereitet, als ich mich breitbeinig in Kampfposition stellte. Das verwirrte ihn so weit, dass er kurz zögerte- was mir die Gelegenheit verschaffte, meine Faust vorschnellen zu lassen. Ich traf ihn an der Brust genau an dem Punkt, der zwischen Herz und Zwerchfell lag. Dort war jeder Mensch empfindlich und wenn man stark genug zuschlug, verschlug es dem Gegner den Atem. So auch bei Thomas.

Statt aber zu warten bis er sich wieder erholt hatte, zog ich meinen Fuß vor und traf ihn mit voller Wucht im Genitalbereich. Laut aufheulend ging er in die Knie, doch das reichte mir noch nicht. Das Beste war, man machte seinen Gegner komplett kampfunfähig, wenn man ihn schon einmal so weit hatte. Also hob ich das andere Bein und schlug ihm mein Knie ins Gesicht. Nachdem er jetzt komplett am Boden lag, kramte ich schnell meinen Schlüssel aus der Tasche und schob mich an ihm vorbei, um schnell ins Haus zu gelangen. Ich hatte es fast geschafft als er plötzlich wieder auf den Beinen stand und mich von hinten packte.

„Du warst verdammt Böse! Jetzt muss ich dich wieder bestrafen!" zischte er. Darin waren wir uns aber gar nicht einig und da ich nur noch meine Unterarme und Beine bewegen konnte, versuchte ich, ihm mit der Ferse auf den Fußballen zu treten. Schnell zog er seine Füße zurück und verlor dabei kurz das Gleichgewicht. Um sich notfalls mit den Händen abzufangen lockerte er seinen Griff. Darauf hatte ich gewartet. Meine Hand, in der ich immer noch den Schlüssel hielt, schoss nach oben und traf ihn genau an der Augenhöhle. Wieder heulte Thomas auf und ließ mich vollends los. Ich holte aus und schlug ihm mit aller Kraft den Handballen an die Schläfe, eben genauso, wie meine Meister es mir immer gezeigt hatten.

Bewusstlos sackte er zusammen.

Noch während ich die Tür schloss und zur Treppe lief, zückte ich mein Handy und rief bei der Polizei an.

Ich war bereits an meiner Wohnungstür angekommen als endlich abgenommen wurde.

„Polizei Kassel. Was kann ich für Sie tun?"

„Ja, hallo. Mein Name ist…" warum ich mich umentschied? Ich kann es nicht sagen.

„Hier ist Ihre Freundin!"

„Ah, hallo, Frau Dankrun. Was kann ich für Sie tun?" *Wirklich? Was für Idioten!!!*

„Mein Ex-Mann steht… liegt unten vor der Tür. Er hat mich angegriffen und ich denke er wird nicht aufgeben!"

Eben konnte ich noch eine gewisse Belustigung in der Stimme des Polizisten hören, doch jetzt wurde er ernst.

„Oh, mein Gott. Alles klar, bleiben Sie ruhig. Wir schicken sofort einen Streifenwagen. Schließen Sie die Tür ab und BLEIBEN SIE RUHIG!"

Er hielt mich wohl für blöd?? Ich hatte die Tür schon abgeschlossen, als ich hineingekommen war und außerdem den Riegel vorgeschoben! Während ich wartete, kam mir der Gedanke, dass das vielleicht noch zu wenig war und deshalb schob ich zusätzlich die Kommode aus dem Flur davor.

Gerade als ich damit fertig war, hämmerte es auch schon von außen an die Tür.

„Schatz, mach sofort die Tür auf! Verdammt noch mal, ich will, dass du mich sofort rein lässt!"

schrie Thomas so laut, dass es das ganze Haus hören musste.

Man konnte ganz deutlich hören, wie einige Türen geöffnet wurden und manche meiner Nachbarn beschwerten sich lautstark.

„Verpisst euch ihr blöden Wichser oder ich mach euch kalt."

Die Ausdrucksweise konnte sich Thomas nur im Gefängnis angeeignet haben, denn solche Ausdrücke kannte ich nicht von ihm. Zwar protestierten meine Mitbewohner laut, doch anhand der zuschlagenden Türen konnte ich hören, dass sie sich fügten. Selbst der mutige Jugendliche, der zwei Stockwerke über mir wohnte und die Musik so laut aufdrehte, dass ich jedes Wort verstehen konnte, traute sich nicht, ihm Gewalt anzudrohen - so, wie er es schon einmal bei dem Hausmeister gemacht hatte. Er verzog sich bei Thomas Anblick in seine vier Wände.

Endlich klingelte jemand unten an der Haustür. Bevor ich an die Gegensprechanlage ging, lief ich erst zum Fenster und schaute nach, wer dort vor der Tür stand. Ich konnte niemanden sehen, doch der Streifenwagen mit eingeschaltetem Blaulicht verriet mir, meine Rettung war da!

Zudem kam gerade ein Zweiter und stellte sich neben den schon Parkenden. Eine Polizistin und ein Polizist stiegen aus. Die Frau sprach aufgeregt etwas in ihr Funkgerät und dann eilten sie zur Haustür.

Im Hausflur war es gerade verdächtig ruhig geworden.

Angespannt schaute ich zu meiner Wohnungstür und wartete auf eine Regung. Als es klingelte sprang ich nach hinten und stolperte dabei über meine Couch. Ich knallte der Länge nach hin, doch ich spürte gerade keinen Schmerz.

„Polizei. Machen Sie bitte die Tür auf, Frau Dankrun!" rief jemand von der anderen Seite.

Trotz der Streifenwagen, die vor der Tür parkten, warf ich einen Blick durch den Spion, bevor ich die Kommode zur Seite schob, den Riegel entfernte und die Tür aufschloss.

Obwohl eben eine männliche Stimme gesprochen hatte, stand nun die Polizistin vor mir.

„Ist alles okay mit Ihnen?" fragte sie freundlich.

„Ja, schon. Mein Ex-Mann ist hier irgendwo. Er war bis kurz bevor Sie geklingelt haben noch vor meiner Tür."

Sie legte mir eine Hand auf die Schulter und drängte mich zurück in die Wohnung. Die Tür ließ sie dabei offen stehen.

„Ich weiß. Meine Kollegen sagen, sie haben ihn bis draußen schreien hören. Sie durchsuchen gerade das ganze Haus. Er muss hier noch sein. Wenn er hinaus gewollt hätte, dann hätte er an uns vorbei gemusst."

Mein Blick fiel automatisch auf die geöffnete Tür.

„Keine Angst. Dieses Stockwerk ist sicher. Er kann auch nicht hierher zurück ohne an meinen Kollegen vorbei zu kommen!"

Plötzlich krachte etwas auf meinen Balkon. Thomas hatte sich wohl auf dem Dachboden versteckt, war von dort aufs Dach geklettert und nachdem er die Polizei gehört hatte, war er wohl von dort auf meinen Balkon gesprungen.

Entweder er versuchte, so zu flüchten oder an mich heranzukommen.

Die Polizistin bekam einen genauso großen Schreck wie ich als Thomas sich aufrappelte und durch die geöffnete Tür auf uns zu getaumelt kam. Seine Arme waren von

Schnittwunden übersäht. Kein Wunder denn er war in meinem aus einem alten Aquarium selbst gebauten Gewächshaus gelandet.

„Was soll denn die scheiß Polizei hier?"

fluchte er. Und mit einem Blick auf die Polizistin, die bereits ihre Hand an der Waffe hatte und nach ihren Kollegen rief, die laut polternd durchs Treppenhaus wieder nach unten liefen, meinte er: „Komm verpiss dich, blöde Schlampe. Das ist eine Sache zwischen mir und meiner Frau."

„Bleiben Sie stehen oder ich sehe mich gezwungen, Gewalt anzuwenden!" rief sie nur, ohne auf seine derbe Beleidigung einzugehen.

Woher das Messer kam, das er plötzlich in der Hand hatte, wusste ich nicht; doch für die Polizistin war es Anlass genug ihre Waffe zu zücken und auf ihn zu richten.

„Bleiben Sie stehen!" forderte sie ihn noch einmal auf, während sie die Pistole entsicherte und den Schlitten nach hinten zog. *Wo blieben nur ihre Kollegen?*

Thomas achtete gar nicht auf sie, sondern setzte seinen Weg unbeirrt fort.

Als er fast bei mir war, dröhnte ein ohrenbetäubender Knall durch das Haus, gefolgt von einem Schrei. Die Polizistin hatte abgedrückt und Thomas ins Bein geschossen.

Während er auf den Boden fiel und sich seine Hand auf die Schusswunde drückte, trafen endlich die anderen Polizisten ein. Sofort legten sie ihm Handschellen an. Dafür brauchten die drei Männer ihre ganze Kraft, weil Thomas sich mit allem wehrte, was er noch hatte.

Schließlich schafften sie es aber doch und zwei von ihnen schleppten ihn nach draußen, während die Polizistin und der andere bei mir blieben. Sie richteten die Couch wieder auf und setzten mich darauf. Weil ich am ganzen Körper zitterte, legten sie eine Wolldecke um mich.

Dann sprachen sie kurz miteinander und das Einzige, was ich mitbekam, war, dass die Polizisten zu ihrem Kollegen sagte, dass er einen Krankenwagen verständigen sollte.

„Hey, Anne, alles okay bei dir?"

Ich kapierte erst wer da meinen Namen geschrien hatte, als Leon und Irina schon vor mir standen. Die Polizistin ließ sie gewähren als sie sich zu mir herunter beugten und mich jeder jeweils an einer Schulter berührten. Ihre Berührung ließ mich unbeabsichtigt zusammen zucken. Der Schock dauerte noch eine ganze Weile an und alles Zureden meiner Freunde und der Polizistin trug meiner Meinung nicht wirklich viel zur Besserung bei.

Zum Glück ließ das Zittern nach einer Weile von selbst nach und ich war wieder Herr über meinen Körper. Statt aber großartig mit Irina, Leon oder der Polizistin zu reden, stand ich auf und ging auf direktem Wege in mein Schlafzimmer. Jetzt wollte ich einfach nur noch schlafen.

Niemand hinderte mich daran und während ich in meinem Bett lag konnte ich hören, wie sie leise miteinander sprachen. Irgendwann gingen die Polizisten dann doch. Irina und Leon blieben wohl, denn ich konnte deutlich den Fernseher hören und wie sie ab und zu lachten.

Manchmal kam auch einer der beiden ins Schlafzimmer, um nach mir zu schauen.

Trotz des heutigen Erlebnisses fühlte ich mich so sicher, wie schon lange nicht mehr! Thomas war wieder in Haft und Leon und Irina passten auf mich auf! Ich konnte deutlich spüren, wie mein Körper sich richtig entspannte und dann wurden auch schon meine Augenlider schwer.

11.

$\mathcal{D}$iesmal war ich nicht auf dem Berg oder auf der großen Wiese, doch die Landschaft um mich herum ließ mich erkennen, dass ich in der gleichen Gegend war wie in meinen letzten Träumen. Das Komische daran war nur, dass ich mir dessen bewusst war. Ziemlich komisch.

Jedenfalls hatte ich bis dahin noch nie einen Traum gehabt und wusste, dass es ein Traum war.

Hoffentlich war es nicht wieder so, dass mir Thomas begegnete, doch das hielt ich für unwahrscheinlich. Als er mir das letzte Mal begegnet war, hatte ich noch angst vor ihm, aber jetzt saß er hinter Gittern und ich hatte mich zudem noch erfolgreich gegen ihn, zur Wehr gesetzt.

Nachdem ich mir selbst gut zugeredet und damit Mut gemacht hatte, schaute ich mich um.

Es sah so aus als wäre ich direkt in dem Wald gelandet, in dem ich letztes Mal auf Thomas gestoßen war. Nur diesmal konnte ich die Wiese durch die dichten Bäume nicht sehen und selbst der große Berg war nicht einmal zu erahnen. Weil ich völlig orientierungslos war, lief ich einfach los. Es war wieder sehr schön, hier zu sein.

Ungewöhnlicherweise standen zwischen den ganzen Nadelbäumen auch der ein oder andere Apfelbaum, was eigentlich nicht normal war. Lange konnte ich mich nicht darüber wundern, denn mittlerweile hörte ich ein dumpfes Rauschen und als ich dann noch ein paar Minuten weiter ging, lichtete sich der Wald so urplötzlich, dass mich das Sonnenlicht völlig überraschte. Meine Augen gewöhnten sich schnell an das plötzliche, helle Licht und so konnte ich den kurzen Sandstrand, an dem ich mich nun befand, in all seiner Pracht bestaunen. Normalerweise waren mir solche

Strände nur aus dem Fernsehen und Werbeprospekten bekannt, doch der hier war mindestens genauso schön!

Eigentlich hatte ich eher erwartet, an einem solchen Strand Palmen vorzufinden und nicht Apfel- und Nadelbäume. So, wie sie auch bei uns wuchsen.

Der Sand war allerdings so wunderbar warm und weich, dass ich nur noch wenige Gedanken an Bäume und ihre Vorlieben für Gegenden, in denen sie wuchsen, verschwendete.

Hier konnte man wirklich herrlich spazieren gehen! Die Luft war frisch und roch salzig. Vom Wasser wehte ein stetiger Wind. Er war zwar kühl, doch man bekam auch nicht gleich eine Gänsehaut, weil er zu kalt war.

Wie lange ich letzten Endes wirklich spazieren gegangen war, wusste ich nicht, denn meine Armbanduhr war nicht dort, wo sie sonst immer saß. Eigentlich war es mir aber auch egal, denn hier wäre ich noch Stunden gelaufen, wenn ich nicht plötzlich eine Stimme im Wald gehört hätte... Sie war hell und klang sehr angenehm. Es hörte sich so an, als würde jemand ein Lied singen.

Natürlich machte mich das neugierig. Zwar hatte ich auch Angst, aber es werden mir wohl alle zustimmen, dass die Neugier sehr viel stärker sein kann als die Angst.

Ich musste mir meinen Weg durchs Unterholz bahnen und einmal trat ich auf einen toten Ast, der laut knackte, als er unter mir zerbrach. Da die Stimme nicht aufhörte zu singen ging ich davon aus, dass mein Anschleichen bisher unbemerkt geblieben war. Nach kurzem Weg fand ich mich plötzlich am Rand des Waldes wieder. Dort war wieder jene Wiese, auf der die Schafe so friedlich gegrast hatten.

Diesmal waren sie allerdings nicht zu sehen. Doch nicht weit von mir entfernt saß eine Frau zwischen den Blumen und während sie aus Halmen Kränze band, sang sie laut vor sich hin. Sie hatte mir den Rücken zugekehrt und schien mich auch nicht zu bemerken, als ich mich ihr näherte.

Erst als ich neben ihr stand und sie direkt ansah hielt sie inne und starrte in meine Richtung.

Kein Wunder, dass sie mich nicht sehen konnte! Dort wo ihre Augen sein sollten, befand sich ein Tuch, das sie um den Kopf gebunden hatte. Mir war es nur nicht gleich aufgefallen, weil es die gleiche Farbe wie ihre Haare hatte.

„Ist dort jemand?" fragte sie. In ihrer Stimme konnte ich keinerlei Angst oder Misstrauen hören.

„Ja, entschuldigen Sie bitte, dass ich mich so angeschlichen habe, aber ich wusste nicht, dass Sie blind sind." Antwortete ich und versuchte dabei mein ernsthaftes Bedauern auszudrücken.

„Das macht nichts." winkte die Frau ab. „Wollen Sie sich nicht neben mich setzen und mir Gesellschaft leisten? Ich könnte Hilfe bei den Blumenkränzen brauchen."

So perfekt wie diese allerdings gebunden waren, bezweifelte ich das sehr.

Als ich ihr das gleich darauf sagte, musste sie lachen.

„Wissen Sie. Auch wenn meine Augen nicht so funktionieren wie bei anderen Menschen heißt das nicht, dass ich blind bin für die Schönheit der Natur. Jede Farbe hat ihren eigenen Geruch und fühlt sich anders an als andere."

Diese Behauptung empfand ich doch als etwas weit hergeholt, obwohl, die Kränze waren auch farblich wirklich perfekt kombiniert. Vielleicht war das auch der Grund, warum ich mich wirklich neben ihr nieder ließ und mir ein paar Blumen pflückte. Nach einer Weile bemerkte ich, ich orientierte mich bei der Gestaltung meiner Kränze, sehr an ihren. Auch die Frau wurde darauf aufmerksam. Statt mich aber zu kritisieren, weil ich sie kopierte, nahm sie ihr Kleid in die Hand und riss einen Streifen Stoff ab. Damit verband sie mir die Augen.

„Nimm das hier einmal in die Hand!" Meinte sie und gab mir einen Gegenstand. Ich konnte deutlich fühlen, dass es sich um eine Blume handelte. Das war eigentlich ganz einfach zu erfühlen, denn in der Mitte befand sich der härtere Kern und außen dann die weichen, runden Blütenblätter. Nur, um welche Blumenart es sich handelte, konnte ich beim besten Willen nicht erkennen. Das fand die Frau aber gar nicht schlimm.

„Riech mal an ihr!"

Das tat ich. Ich roch und roch und roch. Nichts…

Dann gab sie mir eine andere Blume in die Hand. Sie fühlte ich ganz genauso an wie die Erste. Wieder hob ich sie zur Nase und während ich versuchte mich auf den Geruch der Blume zu konzentrieren, wuchs in mir das Verlangen einfach die Augenbinde hinunter zu reißen.

„Nur mit der Ruhe. Lass dir die Zeit, die du brauchst!" meinte die Frau und legte mir eine Hand auf den Arm.

Genau in dem Moment meinte ich, etwas Anderes wahrzunehmen.

Schnell hielt ich mir die erste Blume vor die Nase, um sie miteinander zu vergleichen.

Sie rochen wirklich absolut nicht gleich. Warum war mir das nicht vorher aufgefallen? Lag es wirklich nur daran, dass meine Augen jetzt verbunden waren? Konnten die anderen Sinne diesen so schnell kompensieren oder lag es vielleicht an der Berührung der Frau, bei der ich ein komisches Kribbeln gespürt hatte?

Schnell pflückte ich noch weitere Blumen und staunte nicht schlecht, als ich feststellte, dass sie alle verschieden rochen. Wenige Minuten später saß ich zwischen all den Blumen und hatte sehr viel Spaß daran, die verschiedenen Gerüche mit einander zu kombinieren. Im Moment zweifelte ich aber noch daran, dass ich damit auch die richtige Farbenkombination schuf. Wahrscheinlich war mein Kranz nur zu ertragen, wenn man die Augen schloss und an ihm roch.

Als ich fertig mit Binden war, nahm ich die Augenbinde ab und betrachtete mein Werk kritisch. Jeder Jungvogel, der zum ersten Mal ein Nest baute schaffte es wohl besser ein vernünftiges Gebilde hinzubekommen! Aber ich war erstaunt darüber, dass er trotzdem eine gewisse Ausstrahlung hatte.

Die Frau streckte die Hand aus, weil sie ihn ebenfalls begutachten wollte. Zu meiner Verwunderung sagte sie nichts über seine Form. Sie schien nicht einmal wahrzunehmen, dass er mehr eckig als rund war. Das einzige, was sie zu ihm sagte, war: „Interessant, Veilchen und Stiefmütterchen. Wirklich interessant!"

„Wofür sind die Kränze eigentlich?" wollte ich wissen.

„Wir feiern heute Abend ein Fest und ehren die Göttin. Meine Schwestern treffen die anderen Vorbereitungen und ich mache dieses Mal eben die Kränze."

Was war denn das für ein seltsamer Traum?

„Welche Göttin meinen Sie… meinst du?"

„Na, DIE Göttin eben." meinte sie. Meine Frage schien sie etwas zu irritieren. Weil ich merkte, dass es keinen Sinn machte noch weiter auf das Thema einzugehen, wechselte ich es einfach.

„Wohnen hier noch andere Menschen?"

„Nein. Nur ich und meine Schwestern leben hier. Und natürlich die Tiere, wie zum Beispiel Schafe und Bergziegen. Ja, und manchmal kommen eben auch Besucher hierher. Manche bleiben nur für ein paar Stunden oder ein paar Tage und manche bleiben für immer. Das kommt aber nur in den seltensten Fällen vor, denn man braucht dafür etwas ganz Bestimmtes…."

„Was ist es?"

„Das muss jeder für sich selber herausfinden. Bei mir war es die Verbundenheit zur Natur, die mich hierher brachte."

„Was heißt: hierher gebracht? Wo sind wir und woher kommst du?"

„Woher ich komme, ist unwichtig, denn es ist meine Vergangenheit und sie zählt nun nicht mehr. Und was den Namen für diesen Ort angeht… Jeder, der diesen Ort je besucht hat, hat ihn anders genannt. Meist war es auch vom jeweiligen Jahrhundert abhängig, aus dem der Besucher kam."

Gerade als ich fragen wollte, was sie damit nun wieder meinte, schreckte ich hoch.

„Alles okay bei dir?" Irina hatte ihren Kopf durch den Türspalt gesteckt und schaute mich fragend an.

„Was ist los? Wie spät ist es?"

„Wir haben so ungefähr halb vier Uhr morgens und Leon und ich sitzen im Wohnzimmer und haben uns gerade unterhalten, da haben wir gehört wie du im Schlaf geredet hast."

Gerade jetzt überkam mich die Müdigkeit wieder mit aller Härte und während ich noch etwas erwidern wollte, was sich dann aber mehr wie ein tiefes Grunzen anhörte, zog ich mir die Decke über den Kopf.

Ich hörte nicht einmal mehr, wie Irina die Schlafzimmertür schloss. Schon war ich wieder in tiefen Schlaf verfallen. Diesmal waren es aber viele kurze Träume die ich schnell hintereinander durchlebte, an die ich mich am nächsten Morgen nicht mehr erinnern konnte. Irina und Leon waren immer noch da, als ich ins Wohnzimmer kam.

Allerdings schliefen sie beide friedlich. Da der Fernseher noch lief, ahnte ich, dass sie einfach währenddessen eingeschlafen waren. Sie hatte ihre Beine auf die Couch gezogen und ihren Kopf auf seine Brust gelegt, während er noch immer saß. Sein Kopf lag überstreckt nach hinten geneigt auf der Rückenlehne und einer seiner Arme war um sie geschlungen so, als hielte er ein Stofftier oder Ähnliches.

Sie sahen glücklich aus und mir war klar, was das bedeutete. Ich hoffte insgeheim nur, dass Irina nicht bald wieder ihre Meinung ändern würde, wie sie es ja schon des Öfteren getan hatte. Dazu muss ich aber sagen, dass ich in den meisten Fällen froh darüber war. Ihr vorheriger Freund war ein echt widerlicher Macho gewesen, der sie bevormundete. Als ich ihn einmal darauf ansprach und ihm meine fachliche Meinung über seine Komplexe und seine Psyche im Allgemeinen mitteilte, verbot er Irina einfach den weiteren Umgang mit mir. Daraufhin hielt ihre Beziehung nur noch eine Woche. Zwar war der Stress, den sie hinterher durch ihn bekam – er war ein klassischer Stalker – nicht so angenehm, zusammen schafften wir diese Zeit zu überstehen und sie schwor mir, in Zukunft zuerst meine Meinung einzuholen, bevor sie sich auf eine Beziehung mit einem Mann einließ.

Wieder einmal riss mein Handy mich aus meinen Erinnerungen, indem es klingelte. Die Nummer kannte ich nicht. Da Thomas ja endlich wieder im Gefängnis saß und seinen einzigen Anruf wohl kaum dafür verschwenden würde mich anzurufen, konnte ich wohl beruhigt abnehmen.

Zu meinem Erstaunen war es Herr Liebermann. Auch Leon und Irina waren jetzt aufgewacht und schauten mich fragend an. Wahrscheinlich warteten sie nur auf die nächste Hiobsbotschaft.

Herr Liebermann war recht aufgelöst, mittlerweile hatte auch er vom Tod seiner ehemaligen Frau erfahren. Was er mir mitzuteilen hatte, versetzte mich noch mehr in Erstaunen. Eva hatte ihm einen Brief geschickt, bevor sie sich das Leben genommen hatte. Auch für mich war ein Zettel dabei, den er natürlich nicht geöffnet hatte. Er wollte ihn mir gerne zusenden und brauchte dafür meine Adresse.

Auf der Visitenkarte, die ich ihm damals gegeben hatte, standen ja nur meine Telefonnummer und die Adresse meiner Praxis. Natürlich hätte er den Brief auch dorthin schicken können. Er hielt es aber für wichtig, dass ich ihn in meinen eigenen vier Wänden las. Außerdem bat er mich, dass ich auf Evas Beerdigung kam. Er wollte nicht neben seiner Lebensgefährtin der Einzige sein, der dort stand.

Dieser Bitte kam ich sehr gerne nach. Ich fühlte mich irgendwie verantwortlich für Evas Tod.

Ich gab ihm schnell meine Privatadresse und er sagte mir Datum und Uhrzeit der Beisetzung.

Sie war am nächsten Freitag. Man wollte Evas sterbliche Überreste aus irgendeinem Grund nicht so schnell freigeben oder konnte es nicht.

Weil meine beiden Freunde mich immer noch fragend ansahen, erzählte ich ihnen kurz in zwei Sätzen, wer das gewesen war und was er gewollt hatte.

Danach frühstückten wir zusammen. Leon fuhr kurz los und holte Brötchen und noch ein wenig Brotbelag, während wir den Tisch deckten. Leon brauchte eine geschlagene Stunde, bis er wieder da war. In der Zeit bekam ich ein wenig Nachhilfe darin, warum Leon so toll und unwiderstehlich war.

Zum Glück tauchte der »Halbgott« - wenn diese Bezeichnung mal ausreichte – dann doch noch auf. Er hatte sich definitiv nicht lumpen lassen. Eigentlich waren wir uns einig gewesen, ein wenig Marmelade und Käse reichten aus… bestimmt hatte er das unterwegs vergessen! Zwei prall gefüllte Einkaufstaschen trug er unter den Armen. Neben Marmelade und Käse hatte er noch Leckereien wie Pastete, Lachs und Schokolade gekauft.

Ohne auf unsere vorwurfsvollen Blicke zu achten, packte er alles aus und legte es auf verschiedene Platten.

Wir konnten ihm aber auch nicht wirklich böse sein, er wollte uns ja nur etwas Gutes tun. Da wir uns unglaublich viel Zeit beim Frühstück ließen, stand die Sonne schon recht tief als wir uns endlich vom Tisch erhoben. Während der ganzen Zeit waren wir fleißig gewesen, denn die meisten Leckereien waren vernichtet.

Dabei hatten die beiden mir geholfen, den gestrigen Tag zu verarbeiten. Leider war dieser Tag mittlerweile schon fast vorüber und somit blieb uns nicht mehr viel Zeit, etwas zu unternehmen. Leon kam auf die Idee, ins Kino zu gehen. Ein Arbeitskollege hatte ihm von einem Film erzählt, den man wohl unbedingt sehen musste. Weil Irina sofort Feuer-und-Flamme war, blieb mir wohl nichts anderes übrig, als mit ihnen zu gehen.

Der Film war, entgegen meiner Erwartungen, wirklich gut und als ich wieder nach Hause kam, verspürte ich keinerlei Bedürfnis, ins Bett zu gehen. Also setzte ich mich an meinen Computer und durchforstete das Internet.

Ich suchte nach Gegenden, in denen es üblich war, dass Apfelbäume zwischen Nadelbäumen wuchsen. Ich fand zwar ein paar Orte, wo es vorkam, doch keiner von ihnen lag direkt am Meer. Generell war es so, dass an keine dieser Gegenden ein Meer, See oder anderes Binnengewässer angrenzte. Noch weniger kamen Berge, in dem Ausmaß, wie ich ihn gesehen hatte, in ihrer Umgebung vor. Irgendwann fielen mir immer wieder meine Augen zu und ich hielt es für besser, meine Nachforschungen auf den nächsten Tag zu verschieben.

Zwar machte es mich immer sehr schnell müde wenn ich am Computer saß, doch heute zerrte es besonders an meinen Kräften. Vielleicht hatte ich mich aber auch noch nicht ganz von dem gestrigen Stress erholt.

Ein wenig Angst vor Albträumen hatte ich schon. Auch, wenn ich gestern relativ gut geschlafen hatte, musste das nicht bedeuten, dass es heute genauso war. Auf den Weg ins Schlafzimmer kam ich an meinem Bücherregal vorbei. Es war wahrscheinlich eine gute Idee noch ein wenig zu lesen, um mich so abzulenken. Natürlich hätte ich auch fernsehen können, aber ich hielt die permanente Berieselung durch Elektrogeräte für nicht wirklich gut.

Meine Wahl fiel auf einen Roman, den ich mir schon in meiner Studienzeit gekauft hatte. Es gehörte zu einer Reihe Romanen, die ich natürlich auch alle besaß und ab und zu begann ich, die Reihe von vorn zu lesen. Nun war es meiner Meinung mal wieder an der Zeit.

Ein paar Kerzen schafften für mich die nötige Atmosphäre und dann konnte es auch schon losgehen. Ich liebte es so sehr, mich in diese fantastischen Welten zu flüchten und so dem Alltag zu entgehen.

Das Dumme daran war nur, ich musste aufpassen, nicht die ganze Nacht wach zu bleiben.

Wie ich aber feststellen musste - als ich wieder erwachte und das Buch aufgeschlagen auf meinem Gesicht fand - war das diesmal kein Problem gewesen. Die Kerzen waren mittlerweile auch heruntergebrannt. Zwar sollte man nie Kerzen einfach so unbeaufsichtigt brennen lassen, die Gefahr eines Wohnungsbrandes oder zu ersticken war zu groß, doch ich stellte die Kerzen immer auf einen festen metallischen Untergrund und ließ in den anderen Räumen in meiner Wohnung die Fenster gekippt.

Zu meinem Erstaunen war es schon wieder hell. Wie lange ich genau geschlafen hatte, konnte ich nicht sagen, aber ich war topfit und deshalb konnte es mir egal sein.

Nachdem ich alle wichtigen Dinge erledigt hatte, die man nach dem Aufstehen so macht, setzte ich mich bewaffnet mit einer Kanne Kaffee wieder an den Computer.

Eine klügere Entscheidung als mich erst einmal auszuruhen, hätte ich gar nicht treffen können. Nach nur knapp zehn Minuten beim Durchforsten der Ergebnisse, die mir die Suchmaschine anzeigte, stieß ich auf einen interessanten Eintrag einer Fanseite.

Dort hieß es:

»Langem suchen die Menschen nach jenem geheimnisvollen Ort. Schon die Ritter der Tafelrunde – so die Legende – suchten danach. Nur wenige haben ihn nach eigener Aussage auch finden können. Bisweilen ist aber noch nicht klar, ob sie es wirklich taten oder ob die Suche danach sie irgendwann einfach verrückt werden ließ.

Die, die von dort wiederkehrten, erzählten von den grünsten Wiesen und Wäldern, die sie je gesehen hatten. Dort soll eine Harmonie geherrscht haben, wie es sie nirgendwo sonst gibt. Die Tiere wären absolut zutraulich gewesen und hätten ihnen aus der Hand gefressen. Außer ein paar Tannen soll es dort Apfelbäume in Hülle und Fülle geben. Das Besondere an den Äpfeln war, dass sie nach allem zu schmecken schienen, an was man gerade Lust hatte. Natürlich war damit nur Obst oder Gemüse gemeint, denn Fleisch wurde angeblich abgelehnt. In der Mitte der Insel ragte ein hoher Berg in den Himmel hinauf. Er war so hoch, dass seine Spitze wegen der Wolken nicht zu sehen war. Dort oben wurden regelmäßig Feste zu ehren der Göttin abgehalten. Sie war die Göttin der Fruchtbarkeit und hatte außerdem ein Auge auf Flora und Fauna. Angeblich sollten auf der Insel nur Frauen leben, obwohl auch ab und zu ein Mann den Weg gefunden haben soll. Der berühmteste unter ihnen soll ein Ritter namens Lancelot gewesen sein. Angeblich war er der Sohn einer der Frauen,

*darüber ist man geteilter Meinung. Was den Namen
der Insel selbst betraf, so gab es viele: Apfelinsel zum
Beispiel war einer und aufgrund der Bäume ein
treffender. Die meisten kannten sie aber nur unter
dem Namen »Avalon«...«.*

Dann folgten noch einige Seiten mit weiteren
Informationen, die mich aber nicht weiter interessierten. Es
waren meist nur Spekulationen, die im nächsten Satz
eigentlich gleich widerrufen wurden. Was mich erstaunte,
war, dass die Landschaft aus meinen Träumen so präzise
beschrieben war. Und dann sah ich etwas, was mich völlig
aus der Fassung brachte.

Auf der letzten Seite war ein Bild. Es zeigte eine Frau,
die um die dreißig Jahre alt sein musste. Sie hatte langes
wallendes Haar und ein luftiges Sommerkleid an. Eigentlich
nichts Ungewöhnliches, doch ich kannte diese Frau!

Nachdem ich mich auch schon so intim mit ihr
stundenlang auf meiner Parkbank unterhalten hatte, wie
könnte ich dieses Gesicht auch vergessen? Es war Stefanie.

Unter dem Bild stand allerdings ein völlig anderer
Name.

»Gemälde von Morgain. Hohepriesterin und Vertreterin
der Göttin unter den lebenden. 13. Jahrhundert«

Das hätte mich beinahe wortwörtlich vom Hocker
gerissen.

Zu gern hätte ich mit jemandem darüber geredet, doch
keiner meiner Freunde hatte Stefanie… Morgain oder wie
auch immer, jemals gesehen.

Für mich gab es nur eine Möglichkeit herauszufinden,
was an der Sache wahr war. Ich musste unbedingt Stefanie
treffen und mit ihr reden. Wo ich sie noch treffen konnte,
außer im Bergpark, wusste ich ja nicht und so blieb mir
nichts anderes übrig, als darauf zu hoffen, dass ich sie dort
heute traf. Als ich das Haus verließ, schaute ich instinktiv in

den Briefkasten. Eigentlich war das völlig sinnlos, weil ja heute Sonntag war. Ich hatte gestern jedoch nicht nachgesehen und wollte es nun nachholen. Ein kleiner weißer Umschlag befand sich darin. Auf ihm war keine Briefmarke, also musste ihn jemand privat eingeworfen haben. Die Handschrift, die mir wohl sagen sollte, von wem er war, konnte man beim besten Willen nicht lesen, so schlampig waren die Buchstaben auf ihn gekritzelt.

Nachdem ich das Kuvert geöffnet und einen Blick hinein geworfen hatte, wurde mir aber schnell klar, dass es der Brief von Eva war, den ich in der Hand hielt.

Sie hatte, anders als ihr Ehemann, eine wirklich schöne Handschrift:

»Liebe Anne,

ich danke dir vielmals für die Hilfe, die du mir gegeben hast und noch geben wolltest. Eigentlich schmerzt es mich sehr, dich so einfach völlig im Unklaren zu lassen und deshalb musste ich dir auch ein paar Zeilen schreiben. Natürlich denken alle ich habe Selbstmord begangen, für mich ist es nicht einmal annähernd >Mord<. Ich habe es getan, weil ich keinen anderen Weg mehr sah, zu meinen Schwestern vor dem nächsten Vollmond zurückzukommen. Du musst wissen: Hat man einmal diesen wunderschönen Ort verlassen, so hat man nur noch bis zum nächsten vollen Mond Zeit, um durch das Portal zurückzukehren, sonst bleibt es auf ewig verschlossen.

Zuerst hatte ich mir auch überlegt, ob ich nicht einfach hier bleiben sollte, dann aber wurde mir klar, dass mir dies hier alles viel zu fremd geworden ist und ich niemals zurechtkommen würde. Da ich ja hier eingesperrt war, sehe ich keine andere Möglichkeit zurückzukehren, ohne mich von meinem Körper zu trennen. Vielleicht kommst du ja auch eines Tages zu uns. Wenn du bereit bist, dann komm zum Kreis der Göttin und bitte sie, dir zu helfen.

Es ist äußerst seltsam, diesen Brief so zu schreiben, als wäre mein Körper schon Tod, denn eigentlich sitze ich ja noch hier. Ich muss dir sagen, dass ich unglaubliche Angst vor dem habe, was nun folgt. Doch es muss leider sein! Der Schmerz wird auch nicht von Dauer sein! Der Preis, den ich dafür bekomme, ist es alle Male wert. Also mach dir bitte keine Sorgen und vor allem keine Vorwürfe, denn du trägst an nichts die Schuld.

Es verbleibt dir, in tiefer Freundschaft bis in alle Ewigkeit, deine Patientin und Freundin, Eva!«

Meine Hände zitterten so sehr, dass ich das Blatt fallen ließ und mich an der Wand hinab auf den Boden gleiten ließ.

Die Welt verschwamm vor meinen Augen, als Tränen aus ihnen meine Wangen hinab liefen.

Es war nicht nur Trauer, auch große Erleichterung, die mich so emotional werden ließ. Eva hatte mit ihren Worten genau das erreicht, was Leon und Irina nicht vermocht hatten. Sie hatte mir klar gemacht, dass ich nichts dazu konnte! Jetzt erst merkte ich, wie sehr mich das wirklich belastet hatte!

Es war mir egal, ob ich jetzt gerade mit Stefanie hatte reden wollen, denn nun wollte ich einfach nur noch in den Arm genommen werden. Dafür musste ich zu Irina und Leon, die unter Garantie bei Leon geschlafen hatten.

Der wohnte in einer zwei Zimmer Wohnung im Viertel Unterneustadt, das direkt an die Innenstadt angrenzte. Er konnte sich zwar etwas Größeres leisten doch er meinte, ihm reiche der Platz völlig und so hatte er auch nicht viel zum Aufräumen.

Vom Klingeln an der Haustür bis mir dann endlich geöffnet wurde, verging eine Ewigkeit. Scheinbar lagen die beiden bis gerade eben noch im Bett. Ich wollte gar nicht wissen, was sie dort gemacht hatten, aber das konnte ich mir eigentlich auch denken.

Leon war es, der an der Wohnungstür stand. Immerhin hatte er sich wenigstens seinen Pyjama angezogen. Seine Haare waren wild zerzaust und zwar so heftig, dass man das nicht durch das Liegen auf einem Kopfkissen schaffen konnte... Nicht mal, wenn man eine Woche im Bett lag!

Als er mich sah, riss er aber ohne zu zögern, die Tür ganz auf. Ein leichter Frauenparfümgeruch schlug mir entgegen, während ich ihn umarmte. Dann schob er mich ins Wohnzimmer und fragte, was ich trinken wolle. Im Moment wollte ich nichts. Trotzdem verschwand er kurz in der Küche, die direkt an das Wohnzimmer angrenzte und als er wieder kam, trug er eine Kanne, die wohl mit Kaffee gefüllt war und drei Tassen. Er ließ sich neben mir auf der Couch nieder.

„Also, was ist los? Du hast doch schon wieder geweint, oder?"

Nickend reichte ich ihm den Brief. „Er ist von Eva. Meiner Patientin."

Sein Gesichtsausdruck zeigte mir, dass er etwas verwirrt war. Er wusste ja, wer Eva war und auch, dass sie tot war.

Doch als er las, sah man quasi, wie er zu verstehen begann. Dass er den Brief trotzdem für äußerst merkwürdig hielt, merkte ich daran, dass er fragend eine Augenbraue hochzog.

„Also, mir kommt das alles sehr merkwürdig vor!" meinte er.

„Hallo, Süße!" rief Irina, die nun auch aus dem Schlafzimmer kam. Sie sprang auf die Couch und kuschelte sich an mich. Eigentlich war ich ein Mensch, der es gar nicht haben konnte, wenn man sich so aufdrängte. Mein Körper wusste es wohl besser. Er entspannte sich dermaßen, dass ich wusste, es war genau das, was ich brauchte!

„Hey, Leon, gut geschlafen?" fragte sie keck.

„Ja, danke. Etwas zu wenig, aber sonst sehr gut. Und selbst?"

„Ja, danke. Der Hintern tut mir ein bisschen weh…"

„Ist ja gut. Ich habe ja mitbekommen, dass ihr beiden miteinander geschlafen habt! Können wir es gerade dabei belassen?"

Meine Nerven zeigten sich wieder.

Irinas Blick war schuldbewusst. Sie wusste aber auch genau, dass ich schon seit einem Jahr keine Verabredung mehr hatte. Eigentlich machte es mir auch nichts aus, ich vermisste einfach dieses Vertrauen, das man zu einem Partner hatte.

Leon gab Irina ebenfalls den Brief. Sie überflog ihn nur schnell und legte ihn dann beiseite.

„Junge, Junge. Die gute Frau saß aber nicht zu Unrecht in der Klapsmühle."

Das fand ich ungerecht von ihr. Sie kannte Eva nicht und bildete sich ihre Meinung aufgrund dieses Briefes, den ich persönlich nach meinen Träumen gar nicht mehr so verrückt fand.

Doch deswegen wollte ich jetzt keinen Streit mit Irina anfangen also hielt ich meinen Mund. Auch Leon schien zu merken, dass ich so gar nicht einverstanden war mit dem, was Irina dachte und selbst wenn er genau ihrer Meinung gewesen wäre, er verstellte sich jetzt recht gut.

Allerdings wusste er auch nicht, was er darauf sagen sollte. Er wollte etwas die Elektrizität aus der Stimmung nehmen, wusste aber nicht, wie er mich wieder beruhigen konnte. Er machte er einen ziemlich zerknirschten Eindruck auf mich.

Schließlich sprang er auf und meinte: „Wer will Pizza essen?"

Während Irina nicht ganz wusste warum er jetzt so plötzlich darauf kam, war es mir ja völlig klar und deshalb musste ich laut lachen.

Wir wollten alle Pizza und nachdem wir uns gestärkt hatten, ging es mir nervlich auch viel besser. Jetzt berichtete ich den beiden noch von meinen Recherchen, die ja ziemlich nah an meine Träume herankamen. Vom Bild, das ich gesehen hatte und das Stefanie zum verwechseln ähnlich sah, sagte ich aber nichts. „Ich wollte erst sagen, das bildest du dir ein… oder so, aber ich finde, es sind wirklich schon sehr viele Zufälle! Und sie passen ja auch noch recht gut zusammen!"

Es kam mir vor, als teilte Leon meinen Verdacht. Ich wollte aber sicher gehen.

„Du denkst also auch, Eva könnte eine der Priesterin sein? Also, so wie sich das anhört, nennen sie sich doch untereinander »Schwester« oder?"

Irina schien gar nicht mehr mitzukommen.

„Seid ihr jetzt beide auch verrückt? Hört ihr euch selber reden? Wie wahrscheinlich ist es denn, dass das alles stimmen kann?"

Fassungslos schüttelte sie den Kopf. „Ich gehe mal in die Badewanne und entspann mich ein bisschen!"

Leon war ein bisschen erstaunt, dass sie so ein Drama darum machte.

„Du wirst das noch öfter sehen, wenn ihr länger zusammen seid. Alles, was übernatürlich ist oder mit dem Tod zu tun hat, darüber kann man mit ihr nicht reden!"

„Nur um das klar zu stellen, wir sind noch nicht zusammen. Jedenfalls haben wir noch nicht darüber geredet." meinte er.

Jetzt, wo Irina weg war, vertieften wir das Thema wieder. Nun erzählte ich Leon auch den Rest. Irgendwie hatte sich ein Vertrauen zwischen uns aufgebaut, das dem in einer Beziehung gleich kam – jedenfalls dem, einer funktionierenden Beziehung.

Im Gegensatz zu mir machte es ihm sogar Spaß, darüber zu philosophieren. Für mich war die Sache auch irgendwie ernst.

Irina ließ sich gar nicht mehr blicken und so musste ich mich abends durch die Badtür von ihr verabschieden.

Obwohl sie gar keinen Anlass dazu hatte, war sie wohl immer noch beleidigt.

Ich beschloss sie einfach schmollen zu lassen und verabschiedete mich dafür von Leon mit zwei Umarmungen.

Danach warf er mir einen fragenden Gesichtsausdruck zu. Gerade als ich ihn fragen wollte was er meinte, schaute er vielsagend zur Badtür. Ich antwortete ihm mit einem gespielt zickigen Blick, worauf er kichern musste.

„Das habe ich gesehen!" meinte Irina, was natürlich völliger quatsch war, doch sie kannte mich eben gut. Nun mussten wir beide lachen und während ich zum Auto ging, konnte ich damit auch nicht mehr aufhören. Wenigstens war ich jetzt etwas beruhigt und konnte mich wieder auf die Arbeit konzentrieren. Ich musste ja noch unbedingt das aufgezeichnete Gespräch auf Papier übertragen.

12

Endlich hatte ich etwas Ruhe und konnte mich wieder ein bisschen um mich kümmern.

Thomas war endlich weggesperrt, meine Arbeit verlief mittlerweile auch wieder halbwegs normal. Irina und Leon hatten sich Weitere Male getroffen und es sah sehr danach aus, als ob es etwas Ernster wurde zwischen den beiden.

Schon drei Wochen waren vergangen, seit ich auf Evas Beerdigung gewesen war. Zu meiner Freude war auch neben Herr Liebermann, seine Lebensgefährtin dort gewesen. Sie unterstützte ihn bei diesem Schritt, wovor ich wirklich Respekt hatte. Ich selbst kannte diese Art der Unterstützung nicht. Auch hatten sie mir damals mitgeteilt, dass sie daran dachten, zu heiraten. Obwohl der Anlass, wegen dem wir uns wiedersahen, ein sehr trauriger war, freute ich mich doch für die beiden und wünschte ihnen für die Zukunft alles Gute.

Der Patient, den ich gerade betreute, war neu und während er mir etwas von Außerirdischen erzählte, die ihn entführt hatten um mit ihm irgendwelche Experimente durchzuführen - entgegen jeder Behauptung, dass Verrückte nur so etwas erzählen muss ich sagen, dies war der Erste meiner Patienten, der dies tat – machte ich mir angeregt Notizen. Mehrmals erwischte ich mich dabei, wie meine Gedanken abschweiften und ich maßregelte mich selbst dafür. Aber auch die nervigste Sitzung geht irgendwann einmal zu Ende und als ich es endlich hinter mir hatte, machte ich gedanklich drei Kreuze. Merkwürdigerweise hatte ich Stefanie schon seit einer ganzen Weile nicht mehr gesehen. Wenn ich es mir recht überlegte, dann war es nun so ziemlich einen Monat her. Weil Leon und Irina sich aber so gut verstanden, unternahmen wir eigentlich ständig etwas zu dritt und deshalb fehlte mir Stefanie nicht so sehr. Nur ab und an fragte ich mich, wie es ihr wohl ergangen war.

Natürlich war es nicht mehr das Gleiche mit meinen besten Freunden, da sie nur noch im Doppelpack anzutreffen waren. Ich hätte gern einmal einzeln mit ihnen darüber geredet, doch was nicht zu ändern war, war eben nicht zu ändern. Für heute hatte ich keine weiteren Termine und da Frau Weisz meinte, sie würde auch ohne mich zurechtkommen und ich sollte mir freinehmen, packte ich mir ein paar Getränke zusammen mit meiner Wolldecke, die ich mir extra zum Picknicken gekauft hatte, in eine große Umhängetasche und machte mich auf in den Park. Ich wollte mich noch ein paar Stunden in die Sonne legen, bevor ich dann abends zu einer Verabredung mit Irina und Leon ging.

Irina hatte sehr geheimnisvoll geklungen als sie mich gebeten hatte, heute Abend mit in das Restaurant zu kommen, das an der Wilhelmshöher Allee lag und das mittlerweile zu unserem Stammlokal geworden war.

Es war schon irgendwie seltsam und deshalb hatte ich auch Leon angerufen um ihn zu fragen, was der Grund für diese Heimlichtuerei wäre. Zuerst bekam ich auch von ihm keine klare Antwort, doch dann gab er auf und meinte, dass Irina mich verkuppeln wollte.

Der Auserwählte war zum Glück keiner ihrer Ex-Freunde, sondern einer ihrer Arbeitskollegen. Nach Leons Meinung war er wirklich »okay« – das wohl größte Lob, das man von einem Mann über einen anderen zu hören bekam.

Er bat mich, Irina nicht zu sagen, dass er seinen Mund nicht halten konnte. Sie befürchtete wohl, dass ich nicht kommen würde, wenn ich die Wahrheit wüsste. Einfach weil ich ihn ein wenig ärgern wollte, ließ ich ihn noch ein wenig zappeln, bevor ich ihm das Versprechen gab. Schließlich hatte er mir auch nicht gleich erzählt, worum es ging. Dann willigte ich aber ein und versprach, absolut nichts zu sagen.

„Ich danke dir. Irina würde mich erwürgen..."

„Kein Problem!" beteuerte ich.

„Da gibt es aber noch eine Sache, die ich dir ebenfalls erzählen muss."

Sein Tonfall war sehr ernst und ich schlussfolgerte daraus, dass es um Thomas gehen musste. Sonst gab es eigentlich nichts, weshalb man derart ernst werden musste.

„Was hat denn mein Ex-Mann jetzt wieder gemacht?"

„Bin ich denn wirklich so berechenbar?" lachte Leon.

„Aber, hallo!" erwiderte ich.

„Er hat wohl versucht, aus der Haft zu fliehen.

Nachdem er aber nur bis aufs Dach gekommen war und die Polizei ihn dort gestellt hatte, hat er sich selbst angezündet. Weiß der Teufel woher er ein Feuerzeug und Benzin hatte. Man konnte ihn aber noch löschen, wobei er trotzdem schwere Verbrennungen erlitten hat. Jetzt liegt er wohl in einem Krankenhaus unter starken Schmerzmitteln und danach soll er in eine Psychiatrie überstellt werden."

„Woher weißt du denn das alles?"

Es interessierte mich absolut gar nicht mehr, was mit Thomas war. Sollte er doch sterben, dann wäre ich ihn endlich los! Natürlich klang es sehr hart wie ich darüber dachte, doch er hatte mir soviel Kummer bereitet, dass es mir egal war.

„Meine Eltern haben mich vorhin angerufen. Es soll wohl vor einer Woche passiert sein und nachdem sie gehört haben, warum er wieder in Haft ist und was er getan hat, nachdem er aus dem Gefängnis entlassen worden ist, haben sie sich bei mir entschuldigt.

Als ich ihnen erzählt habe, dass wir beide auch Kontakt haben baten sie mich dir auszurichten, dass es ihnen unglaublich leid tut wie sie über dich gedacht und wie sie dich behandelt haben!"

Diese Einsicht kam für meinen Geschmack etwas zu spät! Ich wollte Leon aber nicht kränken, denn er hörte sich sehr glücklich an. Froh darüber, dass seine Eltern nun wieder besser auf ihn zu sprechen waren.

„Weißt du. Ein bisschen kann ich ja verstehen, dass sie zu ihrem Sohn gehalten haben." log ich deshalb.

„Nett, dass du wegen meiner Gefühle lügst. Danke!"

Man konnte ihn quasi durch das Telefon lächeln sehen.

„Nicht dafür! Wir sehen uns dann also heute Abend, ja?"

„Okay, bis dann. Ich hab dich echt lieb, das weißt du, oder?"

Natürlich wusste ich das, doch mit einem solch offenen Zugeständnis hatte ich nicht gerechnet!

„Ich dich doch auch, Großer."

Scheinbar wussten wir beide nicht, was wir noch sagen sollten und deshalb entstand eine etwas längere Pause. Erst als eine Tür in Leons Wohnung zu fiel, schaffte er es, wieder etwas zu sagen.

„Irina kommt aus dem Bad. Also, wir sehen uns heute Abend."

„Bis dann!" rief ich noch und gleich darauf hatte er auch schon aufgelegt.

Während ich nun so auf meiner Decke lag, das Wetter genoss und einfach nichts tat kam mir der Gedanke, dass Leon doch vielleicht mehr für mich empfand als nur Freundschaft.

Schon damals als ich und Thomas noch zusammen gewesen waren, hatte sich Leon in meiner Gegenwart immer recht schüchtern und tollpatschig verhalten. Wenn wir mal zu dritt weg gegangen waren, war er auch immer an meiner Seite gewesen und hatte mir jeden Wunsch von den Lippen abgelesen.

„Entschuldigung."

In diesem Moment empfand ich es als bodenlose Frechheit, dass man mich einfach so aus meinen Gedanken riss.

Ein junger Mann stand vor mir. Er trug eine grüne Latzhose und einen Helm mit integrierten Ohrenschützern.

„Es tut mir sehr leid, dass ich sie vertreiben muss, aber wir sollen den Rasen mähen und das geht eben nicht, wenn sie dort liegen."

Widerwillig stand ich auf und packte meine Sachen.

Der junge Mann merkte wohl in welche Laune er mich versetzt hatte und machte sich nach einem mehr geflüsterten: „Danke. Schönen Tag wünsch ich noch." aus dem Staub.

Als ich die Wiese verließ, hatten sie bereits fast die Hälfte des Rasens gemäht. Zwar hätte ich auch einfach warten können, meine gute Laune war aber verflogen. Ich beschloss lieber noch einmal in meiner Praxis vorbeizuschauen und ein wenig mit Frau Weisz zu quatschen und mich dann zuhause in aller Ruhe fertigzumachen.

Natürlich hatte ich bereits morgens geduscht, doch weil ich in der Sonne gelegen hatte, war ich ein wenig durchgeschwitzt. Anders als manche vielleicht denken war es nicht gerade der Sache förderlich, wenn man bei seinem ersten Treffen mit einem fremden Mann nach Schweiß roch.

Meine Sprechstundenhilfe schaute mich verwundert an, als ich durch die Tür kam.

„Hatten Sie nicht eigentlich Feierabend?"

„Ja, schon, aber... wenn ich ehrlich bin, dann weiß ich nicht so richtig, was ich machen soll. Es ist einfach zu langweilig."

„Das hört sich für mich aber verdächtig nach einem Workaholic an!" grinste die Dame.

„Vielleicht haben sie da recht." Auch ich konnte ein Lächeln nicht unterdrücken.

Ich erkundigte mich nach den Neuigkeiten und dann redeten wir noch geschlagene zwei Stunden über alles Mögliche. Begonnen hatten wir mit dem Patienten, den ich ein paar Stunden zuvor noch betreut hatte und von ihm kamen wir dann auf einen Verwandten Frau Weisz's.

So ging es dann immer weiter, bis ich schließlich auf die Uhr schaute. Auch Frau Weisz hatte bereits seit einer guten Viertelstunde Feierabend.

Nicht weil ich ein schlechtes Gewissen hatte, sondern aus Höflichkeit bot ich ihr an, sie mitzunehmen. Natürlich hatte ich es ihr auch schon öfter angeboten und einige Male hatte sie mein Angebot auch schon angenommen, doch heute wollte sie noch zu einem ihrer Enkel, der ganz in der Nähe wohnte und deshalb lohnte es sich nicht.

Der Verkehr war mörderisch. In der Innenstadt staute sich der Verkehr derart, dass ich den Motor getrost abstellen konnte. Das Blaulicht eines Krankenwagens verriet mir, es würde wohl auch noch eine Weile dauern, bis die Autolawine sich wieder in Bewegung setzte. Mittlerweile stand die Sonne so tief, dass ich in meinem Fahrzeug ziemlich gebrutzelt wurde. Kein Wunder. Erst wurde ich schläfrig und dann schweiften meine Gedanken ab.

Frau Weisz hatte ein sehr gutes Leben gehabt. Sie war kurz vor dem Zweiten Weltkrieg in der Schweiz geboren worden und als sie zehn war, war sie mit ihren Eltern nach Deutschland ausgewandert. Mit sechzehn Jahren hatte sie ihren Mann kennengelernt, der bereits dreiundzwanzig gewesen war. Schon bald war sie schwanger gewesen und daraufhin heirateten sie. Die goldenen Fünfzigerjahre waren sehr gut zu ihnen gewesen und sie hatten eine Menge Geld mit dem Export irgendwelcher Waren verdient.

Genaueres hatte sie mir nicht erzählt. Nachdem ihr Mann gestorben war, hatte sie ihre Firma verkauft und sich zur Ruhe gesetzt. Wahrscheinlich konnte sie die Firma nicht weiterführen, weil sie sie zu sehr an ihren Mann erinnerte. In meiner Praxis arbeitet sie nur, damit ihr nicht langweilig wurde, was ich sehr merkwürdig fand, denn mittlerweile hatte sie neben ihren fünf Kindern auch dreizehn Enkelkinder, für die sie immer noch Zeit fand.

So ein Leben wollte ich eigentlich auch gerne haben, allein meine momentane Situation ließ mich daran zweifeln.

Ich war ja auch schon zu alt, um Kinder zu bekommen.

Zum Glück fuhr der Krankenwagen nun endlich ab und ich konnte mich aufs Weiterfahren einstellen. Dennoch dauerte es noch kurz, bis die Polizei die Straße wieder frei gab. Natürlich konnte ich es mir nicht verkneifen einen Blick aus dem Fenster zu werfen, als ich langsam an der Unfallstelle vorbeirollte. Ein Kleinwagen war am Rand geparkt. An seiner Front war neben eine Delle auch etwas Blut zu sehen. Wahrscheinlich hatte der Fahrer einen Fußgänger übersehen und ihn überfahren. Das konnte man bestimmt morgen in der Zeitung lesen.

Weil ich mich jetzt etwas sputen musste, blieb das normale Ritual aus, wobei ich mich vor meinen Kleiderschrank stellte und rätselte, was ich anziehen sollte.

Zwar quoll er über vor lauter Klamotten, doch als Frau wollte man eben nicht unbedingt etwas anziehen, was sie schon einmal zusammen getragen hatte. Die Kombination war also eigentlich immer das Problem. Etwas, das die Männer nicht verstanden.

Ich entschied mich schließlich für eine meiner bequemen Anzughosen und eine weiße Bluse.

Damit machte man in Kombination mit Ballerinas nie etwas falsch.

Als ich aus der Dusche kam dämmerte es bereits etwas, doch der Abend versprach genauso schön zu werden wie der Tag. Weil ich meine Kleiderwahl so vorteilhaft getroffen hatte, musste ich mir nicht die Beine rasieren. Selbst wenn ich den Mann, den man mir vorstellen wollte anziehend fand, so bezweifelte ich, es könnte schon heute Abend etwas passieren... – schon allein deswegen, weil es gegen meine Prinzipien verstieß!

Ich lag so gut in der Zeit, ich konnte mich sogar noch auf den Balkon setzen und in aller Ruhe eine Tasse Kaffee trinken. Morgen stand eine Menge in meinem Terminplan, sodass ich mich heute noch einmal entspannen musste.

Hoffentlich war Irinas Arbeitskollege niemand, der gern und viel redete, denn das würde ich nur schwer verkraften können. Klar wollte ich ihn gerne kennenlernen, doch das konnte man ja auch mit wenigen Worten. Irina konnte es mit den wenigsten Worten.

Da ich langsam los musste, erhob ich mich schweren Herzens von meinem Liegestuhl und schlüpfte in meine Schuhe.

Leider war vor dem Restaurant kein Parkplatz mehr frei und so musste ich auf dem Hinterhof parken. Dort stand nur eine Laterne, die den Platz in spärliches Licht tauchte. Das Lebensmittelgeschäft, das hier seinen Hinterausgang sowie die Laderampe für die Anlieferung hatte, war ebenfalls schon geschlossen und deshalb war dort niemand mehr.

Weil ich nicht durch das Gebäude gehen konnte, um zu dem Restaurant zu kommen, musste ich außen herum laufen. Meine Gedanken drehten sich gerade mal wieder um Leon. Ich war gespannt, wie er auf den neuen Mann, den ich kennenlernen sollte, reagieren würde. Vielleicht würde er mir auch nachher seine Liebe gestehen…

Diesen Gedanken fand ich so absurd, dass ich laut lachen musste. Wollte ich das denn überhaupt? Wie kam ich sonst auf den Gedanken? Leon war doch ein guter Freund und ich wollte ihn nicht verlieren.

Eine Hand schoss von hinten um mich herum und auf mein Gesicht zu. Irgendetwas befand sich darin. Noch bevor ich schreien konnte, legte sie sich auf Mund und Nase.

Der Geruch von dem, was ich nun einatmete, kam mir sehr bekannt vor. Während meines Medizinstudiums war ich auch damit in Berührung gekommen: Chloroform! Ein starkes, schnell wirkendes Betäubungsmittel, das über die Luftwege verabreicht wurde.

Schon wurden meine Glieder bleischwer und mein gesamter Köper entspannte sich.

Mein Geist allerdings kämpfte noch darum die Kontrolle zu behalten, obwohl ich wusste, dass es sinnlos war. Ein paar Leute liefen an der Hauptstraße entlang. Sie redeten angeregt miteinander. Scheinbar waren zwei von den Dreien ein Pärchen, sie hielten sich im Arm. Der Mann, der Weitem konnte man sehen, er sah verdammt gut aus!

Gerade, bevor alles vor meinen Augen verschwamm, verstand ich, dass es Leon, Irina und ihr Arbeitskollege waren. Ich schaffte es gerade noch, meine Hand nach ihnen auszustrecken. Als ich nach ihnen rufen wollte, versagte mir die Stimme.

Die Hand wurde jetzt zwar weggenommen, doch es war zu spät. Wie ich auf den Asphalt fiel, merkte ich schon gar nicht mehr.

Es war zwar Nacht, aber trotz allem war es hell um mich herum. Da ich die Sterne sehen konnte und ein lauer Wind wehte, musste ich wohl draußen sein. Meine Glieder wollten mir noch immer nicht gehorchen und so blieb ich einfach erst einmal liegen. Meine Ohren schnappten allerlei Geräusche auf. Es war wohl ein Wald in der Nähe, denn man konnte Käuzchen und das Rauschen der Bäume, die sich im Wind bewegten, hören.

Mir wurde furchtbar schlecht. Schnell rollte ich mich zur Seite und übergab mich heftig. Das war eine Nebenwirkung des Chloroforms. Ich war froh, dass man mich nicht geknebelt hatte, denn sonst wäre ich womöglich an meinem eigenen Erbrochenen erstickt.

„Wie lange ist es her, dass wir das letzte Mal hier oben waren? Kannst du dich noch daran erinnern? Es war, glaube ich, das Wochenende als wir hierher gezogen sind. Danach hatten wir nie mehr wirklich Zeit dafür."

Jetzt wurde mir klar, dass ich mich am Herkules befand und als ich mich auf den anderen Arm rollte, konnte ich ihn auch sehen. Zumindest die Pyramide, auf der er stand, denn meinen Kopf konnte ich aus dieser Position nicht so hoch heben.

Leider war mir nun auch bewusst, es war Thomas, der gerade mit mir geredet hatte!

„Es ist schon seltsam. Diese Stadt, die so schön von hier oben aussieht, war so ungerecht zu mir!"

Woher die Stimme kam, konnte ich erst sehen, als Thomas sich aus dem Schatten einer dunklen Nische löste und auf mich zutrat. Wegen der Schusswunde, die ihm die Polizistin zugefügt hatte, humpelte er dabei ziemlich heftig.

Ich wollte aufstehen, doch das klappte nicht. Nicht nur, weil meine Glieder noch immer nicht ganz wach waren, sondern auch, weil Thomas mir die Hände und Füße mit Kabelbindern aneinandergebunden hatte. Scheinbar hatte er aber noch etwas mit mir vor, denn er blieb einfach vor mir stehen und musterte mich.

„Aber es ist ja öfter der Fall, das einem die schönsten Dinge im Leben zum Verhängnis werden, oder?"

Er schien über etwas nachzudenken. Dann riss er mich aber plötzlich ruckartig auf die Beine und zerrte mich zum Rand der Aussichtsplattform, von der aus man über ganz

Kassel schauen konnte. Die Treppen, die man am Rand der Kaskaden hinuntergehen konnte, fingen hier ebenfalls an.

Jetzt fiel mir auch auf, dass Thomas irgendwie komisch roch. Ein Blick in sein Gesicht verriet mir auch, warum er so roch. Es war fast bis zur Unkenntlichkeit verbrannt!

Einen kleinen Aufschrei konnte ich mir angesichts dieses grauenvollen Anblicks nicht verkneifen.

„Ja, ja. Ich weiß, dass ich grauenvoll aussehe. Aber das musst du dir ja zum Glück nicht mehr lange ansehen!"

Mir wurde erst mulmig und dann wieder schlecht. Das lag aber nicht am Chloroform, denn mittlerweile war mein Körper wieder vollkommen einsatzbereit.

„Was…" bevor ich fortfuhr, musste ich kurz schlucken, weil ich mir die Antwort schon denken konnte. „…Was hast du vor?"

Womit ich in diesem Moment niemals gerechnet hätte, trat nun ein. Thomas fing an zu weinen. Die Tränen liefen ihm das Gesicht hinab und direkt in seine Wunden. Es musste unglaublich brennen und sein Gesicht verzerrte sich vor Schmerzen. Im Halbdunkel sah er komplett wahnsinnig aus. Also genau so, wie er auch wirklich war!

„Also, da hier alles begonnen hat, dachte ich es wäre auch passend, wenn wir uns hier bis in alle Ewigkeit verbinden."

Er deutete nach hinten, wo ich einen Haufen Kanister entdecken konnte. Scheinbar wollte er uns beide zusammen verbrennen.

„Hab keine Angst, mein Schatz. Es tut nur am Anfang weh. Später wird es dann beinahe angenehm."

„Hörst du dich eigentlich selbst reden?" Mir war in diesem Moment ganz egal, wer hier vor mir stand und ob er mich jetzt schlug. Demnächst wollte er uns ja eh beide töten.

Thomas packte meinen Arm und wickelte eine Schnur um die Kabelbinder, die meine Hände fesselten. Dann zog er mich hinter sich her zu den Kanistern.

Als wir dort ankamen, band er sich die Schnur um seine Hüfte, scheinbar, damit er selber die Hände frei hatte.

„Nun wird es ein bisschen kalt!" meinte er und goss mir den ersten Kanister Benzin über den Kopf. Instinktiv schloss ich zwar die Augen, doch die scharfen Dämpfe brannten auch wie Feuer in meiner Nase. Als ich meine Augen wieder öffnen konnte, schaute mich Thomas beinahe liebevoll an.

„Wie gesagt. Hab keine Angst!"

Dann folgten noch zwei weitere Kanister, die er mir über den Kopf goss und nach dem letzten fühlte ich mich total benommen. Die Dämpfe schienen nun auch mein Gehirn erreicht zu haben. Dann unterzog er sich selbst der Prozedur. Er biss dabei zwar die Zähne zusammen um nicht zu zeigen wie sehr es wehtat, doch man konnte sehen, unter welch unglaublichen Schmerzen er trotzdem litt.

„Verdammt!" fluchte er nach dem letzten Behälter. „Ich habe etwas in die Augen bekommen." Doch dann schien ihm irgendetwas klar zu werden, denn er zuckte mit den Schultern und lachte in sich hinein. „Ach, verdammt, ich werde doch jetzt eh sterben, warum mache ich mir darüber Gedanken?"

Er zog mich in eine Umarmung während er in seiner Tasche kramte. „Eins sollst du wissen: Ich verzeihe dir, was du mir damals angetan hast!"

Da ich noch keine Lust hatte zu sterben überlegte ich fieberhaft, was ich dagegen tun konnte. Klar war, ich hatte maximal noch eine Minute Zeit, bevor er sein Werk vollendete und uns beide in Flammen aufgehen ließ. Und diesmal würde man uns wohl nicht rechtzeitig löschen können bei der Menge Benzin, die an uns haftete. Außerdem war eine große Pfütze um uns herum, sodass es auch kein

Entkommen gab. Weil er das Feuerzeug scheinbar nicht finden konnte, war er einen Moment abgelenkt. Ich wollte gerade mein Knie heben, um ihm wieder einmal in die Weichteile zu treten, doch diesmal kam es anders. Ich hörte zwei Stimmen! Am Anfang leise, doch dann wurden sie immer lauter und waren deutlicher zu verstehen.

Für mich war es ein gutes Zeichen, denn vielleicht kamen sie ja hier zufällig vorbei und sahen uns beide. Ein Klicken neben mir ließ mich zusammenzucken. Thomas hatte plötzlich eine Pistole in der Hand. Er musste sie schon die ganze Zeit dabei gehabt haben, denn er hatte sich nicht gebückt oder so. Ich fragte mich, warum er uns beide dann nicht einfach erschoss, sondern unbedingt verbrennen musste. Die Stimmen, die immer noch näher kamen, gehörten zwei Männern. Nicht zwei normalen Männern wie ich sah! Denn als sie kurz durchs Licht gingen, konnte ich zwei blitzende Uniformen erkennen. Es waren Polizisten!

Man konnte mittlerweile sogar ein paar Worte aufschnappen.

„Meinst du echt, dass wir den Kerl hier oben finden?"

„Ich habe keine Ahnung, aber es ist einer der Orte, die uns sein Bruder genannt hat. Also müssen wir ihn überprüfen."

Also hatte man nicht nur Thomas Flucht entdeckt, sondern auch mein Verschwinden und suchte nun nach uns!

„Wenn du etwas sagst, bist du tot!" zischte mir Thomas zu.

„Bin ich das nicht eh?" fragte ich, aber wartete nicht mehr auf eine Antwort. Stattdessen schrie ich aus Leibeskräften um Hilfe. Thomas war darüber so entsetzt, das er erstarrte.

Die beiden Polizisten hielten ebenfalls inne und rannten dann in unsere Richtung. Das dumme daran war nur, dass sie uns nicht sehen konnten, weil wir im Dunkeln standen, während sie sich noch im Licht befanden. Darum war es ihnen auch unmöglich, zu sehen, wie Thomas die Waffe hob und auf sie anlegte. Zum Glück konnte ich seinen Arm noch nach oben stoßen, sodass der Schuss daneben ging. Schnell ließen sich die beiden zu Boden fallen. Auf mich kam nun Thomas Hand zugeschossen und traf mich hart im Gesicht.

Von der Wucht ging ich zu Boden. Dumm war nur, Thomas war ja noch immer an mich gebunden und nun fiel auch er auf seine Knie. Die Polizisten hatten ihre Waffen gezogen und robbten hinter einen großen Stein, um dort in Deckung zu gehen. Ich zog es vor, das Gleiche zu tun, während Thomas weiter auf sie schoss. Ich hoffte, dass er nur ein Magazin hatte, das er leer schießen konnte. Leider wurde ich im nächsten Moment vom Gegenteil überzeugt, als er ein weiteres aus seiner Beintasche zog. Die Zeit, die er zum Nachladen brauchte nutzten die Polizisten, um zurückzuschießen.

Während die Kugeln über mich hinweg pfiffen und teilweise auch in den Stein vor mir einschlugen, hielt ich den Kopf möglichst weit unten. Als Thomas gerade wieder nachlud, sah ich direkt vor mir einen spitzen Stein, der wohl durch eine Kugel von dem großen Stein vor mir abgesplittert war. Vielleicht konnte ich damit meine Fesseln durchtrennen. Es kosstete mich einiges an Überwindung meine Hand auszustrecken und danach zu greifen. Ein Gefühl der Erleichterung überkam mich als ich nach einiger Zeit feststellte, dass ich meine Fesseln fast gelöst hatte.

Jedenfalls die an meiner Hand. Während ich die Kabelbinder an meinen Füßen bearbeitete, schaute ich immer wieder zu Thomas, damit er mich nicht dabei entdeckte.

Nach gefühlten Stunden hatte ich es endlich geschafft!

Nun musste ich nur noch einen günstigen Moment abwarten, um zu fliehen. Dabei musste ich ja nicht nur auf

Thomas achten, sondern auch darauf, dass mich die beiden Polizisten nicht erschossen. Vorsichtig robbte ich ein Stück von Thomas weg, immer darauf bedacht, dass mir der Stein ausreichend Deckung bot. Schließlich hatte ich es geschafft, ein gutes Stück, außer Sicht zu kommen und traute mich aufzustehen. Die Treppe, die die Kaskaden hinabführte, war fast direkt neben mir und weil sie die einzige beleuchtete Möglichkeit war hinab zu kommen, nahm ich sie auch wahr.

Natürlich musste ich ständig Angst haben, ich würde entdeckt und das dies auch irgendwann passieren würde, war mir auch klar. Ich wollte nur so viel Distanz wie möglich zwischen mich und meinen Peiniger bringen, damit ich einen gewissen Vorsprung hatte. Er entdeckte mich auch erst, als ich schon mehr als die Hälfte der Stufen geschafft hatte. Ein Wutschrei sagte es mir, ohne dass ich mich umdrehen musste. Was genau er hinter mir her schrie, konnte ich nicht verstehen, aber es war auch nicht wichtig.

Eigentlich fragte ich mich auch nur, was mit den beiden Polizisten passiert war. Hatte er etwa beide erschossen? Das wollte ich nicht glauben, denn sie waren meine einzige Hoffnung. Auf die Dauer konnte ich Thomas nicht entkommen und dass ich es zur nächsten Polizeiwache schaffte, war auch zu bezweifeln. Also hielt ich mich am Fuß der Stufen nach rechts und lief in den Wald. Es war so dunkel zwischen den Bäumen, ich sah nicht, wohin ich rannte. Mehrfach stieß ich mir meine Beine an Zweigen und anderen Dingen, die ich nicht erkennen konnte. Die Zeit, um anzuhalten und nachzuschauen, wollte ich mir aber auch nicht nehmen. Meine wilde Flucht endete als ich so heftig gegen einen Baum lief, dass es mich von den Füßen riss.

Benommen lag ich auf dem Boden. Ein Stöhnen konnte ich mir nicht verkneifen, selbst wenn Thomas mich dadurch vielleicht entdeckte. Nachdem ich endlich wieder auf die Beine gekommen war, schaute ich mich um. Woher ich gekommen war, wusste ich schon gar nicht mehr. Die Bäume standen alle hier in einem so perfekten Kreis, es gab beim besten Willen keinen Orientierungspunkt. Nun dämmerte mir aber, wo ich war. Ich befand mich auf derselben Lichtung, auf der ich schon ein paar Wochen vorher gewesen war. Dachte ich jedenfalls. Der Baum, in der Mitte wirkte nun viel stattlicher als die Anderen um ihn herum.

Ein Keuchen schreckte mich auf. Gerade als ich mich umdrehte, trat Thomas zwischen den Bäumen hervor. Die Pistole hatte er direkt auf mich gerichtet.

„Nun, bist du also endlich stehen geblieben und stellst dich deiner Verantwortung?"

„Stellst du dich denn endlich mal deiner?" schrie ich ihn an. „Du bist ein kranker Mann, der Hilfe braucht und vielleicht kommt sie sogar schon zu spät! Warum gibst du dir nicht selber eine Kugel, dann sind wir dich endlich los!"

„Das meinst du nicht ernst, du Miststück!" schrie er und trat einen großen Schritt auf mich zu.

Plötzlich passierte etwas Komisches. Ein unglaublicher Wind kam auf, sodass die Bäume sich bedrohlich beugten.

Sie knarrten unheilvoll auf eine Art und Weise, wie sie unnatürlicher nicht hätte sein können. Die Blätter des Baumes, der in der Mitte wuchs, fielen alle ab. Statt aber zu Boden zu fallen, verharrten sie in der Luft. Dann veränderten sie plötzlich ihre Form. Sie wurden spitz wie Stacheln und flogen mit einem unglaublichen Tempo auf Thomas zu. Vor lauter Angst, begann er auf sie zu schießen, während er dabei laut schrie. Die Blätter, die er traf, teilten sich allerdings nur und bildeten neue Stacheln, die ihn ebenfalls wieder attackierten. Zwar versuchte ich wieder in Deckung zu gehen, doch ein plötzliches, unglaubliches Brennen in meinem Arm zeigte mir, ich war getroffen.

Ich schaffte es gerade noch hinter den Baum zu springen, als die nächste Kugel an meinem Ohr vorbei sauste. Die Stacheln wollten partout nicht damit aufhören, Thomas anzugreifen.

Starker Nebel zog urplötzlich auf und versperrte mir die Sicht auf meinen Ex-Mann. Unter normalen Umständen wäre es mir bestimmt merkwürdig vorgekommen, dass der Wind den Nebel nicht vertrieb. Gerade jetzt war mir das so ziemlich egal. Ein Verrückter stand auf der anderen Seite des Baumes und wollte mich umbringen! Nachdem ich mich einige Zeit umgesehen hatte, bemerkte ich, dass der Stamm des Apfelbaumes, an dem ich lehnte, ein großes Loch hatte.

Es befand sich direkt an der Wurzel und war groß genug, damit hinein kriechen konnte. Es sah so aus als wäre ein Gang dahinter, der sich schier endlos erstreckte, wobei der Baumstamm ja nur einen knappen Meter im Durchmesser hatte.

Im Moment war es mir aber egal, denn alles war wohl besser als hier draußen. Bevor ich jedoch hinein krabbelte, steckte ich erst einmal eine Hand hindurch um zu testen, wie weit es nach innen ging. Ich wollte mir nur ungern noch einmal meinen Kopf stoßen.

Weiter, als bis zu meinem Handgelenk, schaffte ich es aber nicht. Irgendwie steckte meine Hand dann fest. Alle Mühe, sie wieder heraus zu ziehen, nützte nichts, ganz im Gegenteil. Es schien, als würde meine Hand immer weiter in den Stamm hineingezogen. Dabei hatte ich allerdings nicht das Gefühl als hätte etwas meine Hand umklammert, es war mehr wie ein Magnet, der einen anderen anzog. Sobald ich mich nicht mehr dagegen sträubte, nahm diese Kraft aber ab und zog mich zumindest nicht mehr weiter hinein.

Oh Gott, wie soll ich hier nur wieder heraus kommen?

Wenn mich Thomas hier findet, dann hat er leichtes Spiel. Irgendwer muss mir doch helfen!

Das waren meine letzten Gedanken, bevor Thomas wirklich um den Baum herum kam. Man konnte trotz der schweren Verbrennungen in seinem Gesicht sehen, die Dornen hatten ihm schwer zugesetzt. Speziell um seine Augen waren frische Wunden und es schien, als könnte er nur noch durch eines sehen.

„Bleiben Sie, wo Sie sind!" rief jemand hinter ihm. Mir war klar, es waren die Polizisten, die uns mittlerweile auch gefunden hatten. Ich war sehr froh, dass sie noch lebten.

Vielleicht schafften sie es ja, mich aus meiner misslichen Lage zu befreien! Damit meinte ich sowohl Thomas wie auch den Baum, in dem ich feststeckte.

Vorausgesetzt Thomas kam ihnen nicht zuvor. Gerade hob er wieder seine Hand und legte auf mich an. Noch während ich die Augen schloss, um nicht mitzubekommen wie er die Waffe abfeuerte, spürte ich ein Ruck an meinem Arm als würde mich ein Kind zärtlich an meinem Ärmel zupfen, um meine Aufmerksamkeit zu bekommen.

Warum ich das Folgende nun sagte, wusste ich nicht. Es geschah mehr instinktiv als bewusst.

„Ja, bitte, rette mich! Hohl mich hier weg!"

Der Boden vibrierte so stark, dass Thomas das Gleichgewicht verlor und auf die Knie fiel. Einer der Äste fuhr herab und schlug ihm die Waffe aus der Hand. Die Kraft an meinem Arm wurde immer stärker und obwohl ich mich zuerst nicht dagegen wehrte, zog sie mich langsam in den Baum hinein. Natürlich wehrte ich mich dann doch, aber dies hatte die gleiche Wirkung wie schon zuvor. Mit meinen Füßen wollte ich mich an einer der Wurzeln festhalten, doch bevor ich etwas fand, war auch meine andere Hand in dem Baum verschwunden und nun zerrte die geheimnisvolle Kraft auch an ihr. Leider war es der Arm, den die Kugel durchschlagen hatte, sodass der stechende Schmerz noch zunahm. Ehe ich es mich versah, wurde es dunkel um mich herum und zum zweiten Mal an diesem Tag konnte ich mich nicht dagegen wehren.

13.

Durch das Loch vor mir im Baumstamm konnte ich Thomas sehen, wie er völlig verwirrt hinter mir herschaute.

Seine Hand tastete nach mir, konnte mich aus irgendeinem Grund aber nicht erreichen. Plötzlich schien er etwas hinter sich wahrzunehmen, denn er drehte sich ruckartig um und hob die Pistole vom Boden auf. Im nächsten Moment zuckte sein Körper allerdings dreimal heftig und er fiel rücklings auf den Boden zurück. Seine Hand streckte er nach dem Baumstamm aus und jetzt konnte ich sein Gesicht so klar vor mir sehen, als wäre ich nur wenige Zentimeter von ihm entfernt. Eine Träne rann über sein Gesicht, fiel auf den Boden und versiegte dort. Dann schloss er seine Augen und sah so friedlich aus, wie ich ihn schon lange nicht mehr gesehen hatte.

Die beiden Polizisten beugten sich über ihn und einer von ihnen fasste Thomas mit zwei Fingern an den Hals. Als er die Hand sinken ließ wurde mir klar, dass Thomas tot war.

Nun wollte ich natürlich wieder aus dem Baum herauskommen, die Gefahr war ja nun vorbei- doch es ging nicht!

Aus irgendeinem Grund sah ich zwar alles, was außerhalb des Baumstammes vor sich ging, doch es war wie durch ein Fenster, das jemand mit einer dicken Glasplatte versperrt hatte.

Ich hämmerte mit beiden Händen dagegen, denn irgendwie mussten die Polizisten mich doch hören oder sehen! Zu meiner Verwunderung taten sie so, als gäbe es mich gar nicht und nach kurzer Zeit standen sie auf und gingen um den Baum herum und verschwanden aus meinem Sichtfeld. Völlig entsetzt setzte ich mich und wollte mich von innen an den Stamm lehnen. Ehe ich es mich versah, lag ich auf dem Rücken. Dort, wo eigentlich das Holz sein musste, war… nichts! Wobei »nichts« auch nicht ganz stimmte. Ein langer Tunnel erstreckte sich vor mir. Dass es ein Tunnel war, konnte man zweifelsohne daran erkennen, dass weit entfernt scheinbar an seinem Ende ein Licht schien. Zwar fand ich es nicht wirklich einladend, auf ein mir unbekanntes Ziel zuzukriechen - und riet auch prinzipiell den Leuten in Horrorfilmen davon ab - aber im Moment blieb mir nichts anderes übrig.

Schließlich wollte ich möglichst schnell aus meinem Gefängnis heraus.

Es dauerte eine Weile, bis ich das Ende erreichte und was ich dort sah, raubte mir den Atem.

Ich trat auf eine Plattform, die ganz aus Stein bestand.

Als ich mich umdrehte sah ich, dass ich ebenfalls aus einem Apfelbaum herausgekommen war!

Das alles verwirrte mich zunehmend. Mir wurde schwindlig, weil meine Nerven dies alles anscheinend nur wenig verkrafteten. Um ein Haar wäre ich von der Plattform gestürzt, an deren einem Ende es gefühlte hundert Meter steil bergab ging. An ihrem anderen Ende erhob sich dafür eine Felswand mindestens genauso weit in den Himmel.

Wolkenschleier umgaben mich und daraus schlussfolgerte ich, dass ich wirklich sehr hoch über dem Boden sein musste. Weil mir diese Höhe nicht wirklich geheuer war, suchte ich nach einer Möglichkeit, auf die sichere Erde zurückzukommen.

Bald fand ich auch eine schmale Treppe, die scheinbar nach unten führte. Das einzige Problem war nur, sie war wirklich sehr schmal und befand sich direkt am Abgrund.

Es half aber alles nichts! Ich biss die Zähne zusammen und begann meinen Abstieg.

Währenddessen schaute ich allerdings nur auf die Stufen, um mich nicht mit der Höhe, in der ich mich befand, zu befassen.

Als ich endlich die letzte Stufe genommen hatte, ließ ich mich erst einmal auf die Stufen fallen und atmete tief durch. Meine Beine zitterten eh dermaßen, dass ich momentan keinen Meter mehr laufen konnte. Jetzt hatte ich aber Gelegenheit, mich umzusehen.

Viel gab es nicht zu sehen: Ein kleiner Bach kam fast direkt neben mir aus dem Berg geflossen und schlängelte sich durch das Gestrüpp vor mir und verschwand dann zwischen den Bäumen, die ein kleines Stück von mir entfernt wuchsen.

Nachdem meine Beine wieder genug Kraft hatten, um mich zu tragen, ließ ich mich am Wasser nieder und probierte einen Schluck. Es war unglaublich erfrischend und so löschte ich meinen Durst. Das dauerte eine ganze Weile, weil mich der Abstieg ziemlich ausgedörrt hatte. Für mich war es nicht schwer, zu entscheiden, wo ich nun entlanggehen sollte. Menschen bauten ihre Siedlungen eigentlich immer am Wasser und so musste ich irgendwann auf Zivilisation treffen, wenn ich dem Bach folgte.

Schnell stellte ich fest, dass die Bäume zu einem Wald gehörten, der wirklich groß sein musste. Wenigstens zwitscherten und sangen die Vögel, was mir das Laufen ein klein wenig leichter machte. Wirkliche Wege gab es nicht, aber die Bäume standen auch nicht so nah beieinander, als dass ich große Probleme gehabt hätte, zwischen ihnen hindurch zu laufen.

Nach einer guten Stunde verließ der Bach den Wald und floss über eine Wiese. Mir stockte der Atem. Die Wiese, die Schafe, die Blumen und der Berg, der sich am anderen Ende der Wiese in den Himmel erhob... ich war wieder in meinem Traum. Instinktiv kniff ich mir in den Arm.

AUA! AUTSCH, VERDAMMT!

Es bestand kein Zweifel, dass ich hellwach war! Jetzt musste ich wirklich schnell einen Menschen finden, der mir erklären konnte, was hier mit mir passierte. Der Bach führte mich nach kurzer Zeit wieder in den Wald und dann durch ein Feld. Hier wurde aber kein Weizen oder Ähnliches angebaut, was man zur Nahrungsherstellung benutzen konnte, sondern Wildblumen. So etwas Wunderschönes hatte ich schon langen nicht mehr gesehen. Diese Farben waren so prachtvoll, es verschlug mir fast die Sprache! Auf ihr tummelten sich viele Insekten, die schwer damit beschäftigt waren, jede einzelne Blume nach Pollen zu untersuchen. Sogar ein Reh graste in Ruhe am Rand und ließ sich nicht einmal durch mich stören. Einen kleinen Moment überlegte ich sogar, ob zu ihm gehen und es streicheln sollte. Dann hielt ich es aber für klüger, weiter nach einer Siedlung zu suchen.

Weil die Blumen am Rand des Bachs zu dicht wuchsen und ich nicht einfach durch sie hindurch gehen konnte – was ich auch nicht wollte – zog ich meine Schuhe aus und lief durch das Wasser.

Es war angenehm, nicht zu kalt und nicht zu warm.

Ich folgte dem Bach weiter über das Feld, wieder in den Wald hinein. Bald wurde der Bach breiter und ich lief lieber wieder auf der festen Erde neben ihm her. Schließlich endete er in einem Wasserfall, der in einem kleinen See mündete.

Eigentlich sah es aus, wie in einem dieser romantischen Filme, in denen sich Pärchen immer an einem solchen Ort trafen, um ungestört ein paar Stunden zu verbringen.

Während ich am Rand des Wasserfalls hinab stieg, überlegte ich mir sogar, ob ich nicht selber ein Bad nehmen sollte. Die Frage stellte sich allerdings nicht mehr, als ich unten ankam.

Ein Mann war mir zuvor gekommen und zu meinem Erschrecken badete er splitterfasernackt.

Natürlich wendete ich schnell meinen Blick ab.

Allerdings nur kurz, denn dann konnte ich der Neugier nicht widerstehen. Er war groß, durchtrainiert und als er sich unter den Wasserfall stellte, um das Wasser über seine Muskeln fließen zu lassen, stellte ich fest, dass er auch noch verdammt gut aussah. Sein Gesicht sagte mir, dass er einen Schalk im Nacken hatte. Noch hatte er mich nicht bemerkt, obwohl ich ganz offen am Ufer stand und so konnte ich ihn noch ein bisschen weiter beobachten. Sein nasses Haar war braun und leicht gewellt, sodass man erkennen konnte, im getrockneten Zustand war es lockig. Es reichte ihm bis zu den Schulterblättern, was ich normalerweise nicht wirklich an einem Mann attraktiv fand, doch in diesem Fall…

„Hallo!" rief er.

Scheinbar schien es ihn nicht zu stören, dass ich ihn nackt sah. Eh ich es mich versah, stand er schon vor mir.

Jetzt hatte er aber wenigstens eine Hose an, sodass ich nicht mehr ganz so abgelenkt war. Aus der Nähe sah er sogar noch besser aus.

„Du musst neu sein!" stellte er erfreut fest.

„Woher wollen Sie das wissen?" fragte ich verdutzt und etwas erstaunt, dass er so vertraut mit mir redete.

„Ich kenne alle Frauen hier auf der Insel und dich habe ich noch nie gesehen."

Weil ich nicht wusste, was ich darauf noch erwidern sollte, war ich einfach still und wartete darauf, dass er etwas sagte.

„Komm, ich bringe dich zu den Anderen!" bot er mir an und lief schon einmal einige Meter voraus. Jetzt war ich wirklich misstrauisch.

„Keine Angst. Ich will dir nichts Böses!"

Irgendwie weckten seine Worte ein tiefes Vertrauen in mir.

„Ich weiß nicht einmal, wo ich bin…" warf ich ein.

Scheinbar fand er mich witzig, denn er musste lächeln.

„Es gibt viele Namen für das, wo wir sind. Manche nennen sie Apfelinsel – so wie wir hier auch.

Aber wenn du mit mir kommst verspreche ich dir, dass alle deine Fragen beantwortet werden!"

Ermutigend streckte er mir seine Hand entgegen.

„Das können Sie mir versprechen?"

Warum fragte ich das? Wenn er mir etwas antun wollte, dann würde er doch eh lügen. Andererseits konnte er das auch hier tun und musste mich nicht noch irgendwo anders hinbringen. Hier war es so abgelegen, mit Sicherheit hörte mich niemand schreien.

„Ich verspreche es!" meinte er, während ich seine Hand nahm und wir zwischen den Bäumen verschwanden. Dann fügte er hinzu: „Übrigens. Mein Name ist Lancelot!"

Noch mehr Worte des Autors

*E*s ist immer sehr schwer, niemanden zu vergessen.

Deshalb bitte ich um Verzeihung sollte es so sein.

Als Erstes möchte ich meiner Mutter Christiane danken, die mir immer wieder mit Rat und Tat zu Seite steht und der ich dieses Buch unter anderem gewidmet habe. Des Weiteren meiner Patentante Angelika die mir wertvolle Tipps und Fakten zu diesem Buch gab und auch sonst immer an mich denkt.

Meinem Bruder Max danke ich dafür, dass er sich mehrere Stunden aufopferungsvoll mit dem Cover des Buchs beschäftigt hat und dabei auch nur selten die Beherrschung verlor.

Des Weiteren meinem Bruder Jonas für die Idee zu meinem ersten fertiggestellten Buch ELEMENTS und meinem Cousin Jörn für die tatkräftige Unterstützung und seiner Kreativität bei der Erstellung des Covers.

Meiner Familie insgesamt vielen herzlichen Dank dafür dass sie sich meine immer wieder auch abgehobenen Ideen mit viel Geduld anhört. Ihr seid die Besten!